BESTSELLERWORLDBOOK 57

로미오와 줄리엣

셰익스피어 지음/박용철 옮김

소담출판사

ROMEO AND JULIET

by William Shakespeare

서글픈 평화를 안아 주는 아침이다.
태양도 슬퍼서인지 차마 고개를 들지 못하는구나.
이 세상 어디에도 로미오와 쥴리엣의 얘기보다
더 슬픈 사랑 이야기는 아마도 없으리라.

차례

제1막

제 1 장 베로나의 광장

*캐퓰렛 가(家)의 하인인 샘슨과 그레고리가 칼과 방패를 들고 등장.

샘 슨 그레고리, 난 이제 더 이상 참을 수가 없다네.

그레고리 아니, 그러다가 석탄이나 나르게 되려구?

샘 슨 내 말은 칼이라도 뽑아 들고 싶은 심정이란 말일세.

그레고리 어이쿠, 살아 있는 동안 자네 모가지나 잘리지 않도록 조심하게.

샘 슨 고것들, 내 성질을 돋우기만 해봐라. 한칼에 해치울 테니.

그레고리 그렇지만 자네가 그렇게 쉽사리 악이 오를라구?

샘 슨 난 몬테규네 개 새끼만 봐도 화가 치솟는다구.

그레고리 화가 나면 수선을 떨고 힘이 있을 때는 버티는 법이지. 그러니 자네가 화를 내는 건 곧 달아나겠다는 거 아냐.

샘 슨 몬테규네 개 새끼만 봐도 난 화가 나 버린다니까. 담벼락에 지켜 서 있다가 몬테규네 집안 것들이면 누구를 막론하고 길을 막아 버려야겠어.

그레고리 못난 소리 작작 하게. 오죽 변변찮으면 담벼락으로 밀려날까.

샘 슨 그 말이 맞긴 해. 언제나 우리네 남자들보다 연약한 여자들이 담 쪽으로 밀려나거든. 그러니까 몬테규네 놈들은 담에서 밀쳐 내고 계집년들일랑은 담 쪽으로 떠밀어 붙여야지.

그레고리 주인은 주인끼리, 하인은 하인끼리의 싸움 아닌가.

샘 슨 마찬가질세. 난 한껏 횡포를 즐겨야겠네. 놈들과 한바탕 싸우고 나서 계집년들에게는 톡톡히 맛을 보여 줘야겠어. 그것들 대가리를 몽땅 잘라 버리겠다구.

그레고리 종년들의 대가리를 말인가?

샘 슨 그래, 고년들의 대가리든, 처녀막이든 그건 자네 마음 내키는 대로 상상하게나.

그레고리 맛을 알아야 생각도 하지.

샘 슨 내가 서서 버티는 동안이면 그것들은 내 맛을 단단히 볼 걸세. 내가 말한 상당한 고깃덩이란 사실은 누구나 다 알고 있는 사실이 아닌가.

그레고리 자네가 물고기가 아닌 게 참으로 다행이지. 행여 자네가 물고기였다면 건대구였을 게 틀림없어. 자, 칼을 뽑게! 마침 몬테규네 녀석 두 놈이 오는군.

　　*다른 하인 두 명, 아브람과 밸서자 등장.

샘 슨 자, 칼을 뽑았으니 싸우게! 난 자네 뒤를 봐 줄테니.

그레고리 어떻게? 뒷걸음이나 치려구?

샘 슨 내 걱정은 하지 말게.

그레고리 흥, 물론이지, 내가 언제 자넬 걱정했나!

샘 슨 나중에 우리 쪽에 말썽이 생기지 않도록 저놈들이 먼저 시비를 걸어 오도록 만드세.

그레고리 그럼 내가 놈들 곁을 지나가면서 인상을 쓸 테야. 어떻게 받아들이든 그건 놈들의 마음이지.

샘 슨 아냐. 그건 놈들의 용기에 달렸어. 난 엄지손가락을 물어 뜯을 테야. 이걸 보고도, 만약 놈들이 참아 낸다면 망신살 뻗치는 꼴이 되고 말거라구.

아브람 이봐, 지금 우리 쪽에 대고 손가락을 물어 뜯는 거지?

샘 슨 내가 내 손가락을 물어 뜯는데 뭐가 잘못됐나?

아브람 지금 우리한테 대고 손가락을 물어 뜯은 게 아니란 말이야?

샘 슨 (그레고리에게 방백으로) 그렇다고 말해도 나중에 우리 쪽에 말썽이 생기진 않잖아?

그레고리 (샘슨에게 방백으로) 웬걸!

샘 슨 천만에, 자네들 보고 물어 뜯는 게 아니라 내 손 내가 물어 뜯고 있었을 뿐이야.

그레고리 이봐, 우리한테 시비를 걸고 싶은 건가?

아브람 시비라니? 천만에.

샘 슨 그렇지만, 덤빈다면 맞서 싸울 자신은 있지. 나도 자네들만큼 훌륭한 주인을 모시고 있으니까.

아브람 우리 주인보다 뛰어나지는 못할걸.

샘 슨 글쎄.

  *벤볼리오 등장. 다른 쪽에서 티볼트 등장.

그레고리 (샘슨에게 방백으로) 더 훌륭하다고 말하게. 마침 저기 주인네 일가 한 분이 오시는군.

샘 슨 암, 더 훌륭하고말고.

아브람 웬 헛소리야.

샘 슨 사내 대장부라면 칼을 뽑지 그래.

그레고리 자네의 멋진 솜씨를 발휘해 보라구. (하인들이 싸운다)

벤볼리오 그만둬, 이 바보들아! (그들의 칼을 내려친다) 칼을 거두란 말이야. 지금 네놈들이 도대체 무슨 짓을 하고 있는지 알기나 해?

티볼트 아니, 이럴 수가! 점잖은 체면에 하인들 사이에 끼어 칼을 휘두르다니! 덤벼, 벤볼리오! 죽을 각오를 하고 덤벼 보란 말이야.

벤볼리오 난 싸움을 말리려 했을 뿐이야. 칼을 거둬. 함께 이들 싸움이나 말리자구.

티볼트 뭐? 칼을 휘두르고 있으면서 싸움을 말리는 중이라니! 지옥으로나 떨어질 몬테규 족속들 같으니. 그게 웬 헛소리야! 자, 내 칼을 받아, 이 겁쟁이야! (그들이 싸운다)

  *곤봉과 창을 든 시민 서너 명과 사관 등장.

사 관 곤봉이다, 낫이다, 창을 쳐들어라! 세게 갈겨! 놈들을 때려 눕혀!

시민들 캐풀렛네 놈들을 때려 눕혀! 몬테규 패들을 때려 눕혀!

  *실내복을 입은 캐풀렛 노인과 그의 아내 등장.

캐풀렛 무슨 일로 이렇게 소란한 거지? 오, 어서 빨리 긴 칼을 내다오!

캐풀렛 부인 지팡이를 내드려라, 어서! 왜 칼은 달라고 그러세요?

캐풀렛 어서 내 칼을 줘! 저 몬테규 영감태기가 칼을 휘두르며 나한테로 오고 있잖소.

  *몬테규 노인과 그의 아내 등장.

몬테규 이 패씸한 캐풀렛 녀석! 붙잡지 마오. 날 가게 내버려 둬.

몬테규 부인 싸우러 가시는 거라면 그냥 가게 내버려 둘 수는 없어요.

*에스칼러스 영주가 부하들을 거느리고 등장.

영 주 증오로 가득 찬 흉악한 것들! 이웃끼리 피로 칼을 더럽히는 자들아, 내 말을 안 듣겠느냐? 에이, 이 몹쓸 것들! 흉악한 격노의 불길을 혈관에서 솟아오르는 붉은 샘물로 끄려 하다니! 내려질 형벌이 무섭거든, 증오의 손에 들려진 흉기들일랑 던져 버리고 진노한 영주의 말을 듣거라. 너희, 캐풀렛과 몬테규 영감은 실없는 말로 세 번이나 싸워 평온한 이 거리를 그때마다 혼란 속으로 빠지게 하는 바람에, 베로나의 노인들은 위엄있는 장식들을 내던지고 평화로 녹슨 낡은 창들을 쭈글쭈글한 손으로 휘두르며 너희의 해묵은 증오를 뜯어말렸다. 만일 다시금 거리를 어지럽게 하는 날이면, 평화를 혼란시킨 죄로 너희의 목숨을 내놓아야 할 것이다. 이번만은 모두 다 물러가라.

캐풀렛, 그대는 나와 같이 가고 몬테규, 그대는 오늘 오후 자유 시가의 법정으로 나와 이 사건에 관하여 내 말을 더 듣도록 하라. 다시금 당부하지만, 죽음이 무섭거든 모두 썩 물러가거라.

*몬테규와 그의 부인 그리고 벤볼리오만 남고 모두 퇴장.

몬테규 이 해묵은 싸움을 누가 다시 시작했느냐? 말 좀 해봐라, 얘야. 넌 처음부터 지켜 봤느냐?

벤볼리오 제가 이곳에 막 도착했을 때 캐풀렛가 하인들과 숙부님의 하인들이 싸우기 시작했습니다. 저는 그들을 말리려고 칼을 뽑았지요. 바로 그때 사납기 이를 데 없는 티볼트가 칼을 휘두르며 제게 덤벼 들었던 거예요. 하지만 그놈은 칼을 휘두르며 헛손질만 했지요. 그러니 그 칼에 누군가가 다치긴커녕 바람 소리만 쌩쌩 나서 꼭 비웃는 것 같았어요. 우리의 싸움이 계속되고 있는 동안, 사람들이 자꾸 몰려들어서 패를 지어 싸우게 되었던 겁니다. 헌데 마침 영주님께서 오셔서 싸우는 패거리들을 갈라 놓았지요.

몬테규 부인 오, 로미오는 어디 있니? 오늘 그애를 봤느냐? 로미오가 이 싸움에 끼여들지 않아 천만 다행이구나.

벤볼리오 숙모님, 성스러운 태양이 동쪽 황금빛 창문으로 들어오기 한 시간 전에, 전 마음이 심란하여 산책을 나갔었지요. 그런데 마을 서쪽에 우거진 단풍나무 숲속을 그렇게도 일찍 일어나 거닐고 있는 로미오를 보았습니다. 헌데 제가 다가가니까 저를 알아보고는 숲속으로 숨어 버리겠지요. 그래 저는 제 경우에 비추어 로미오의 심경을 짐작했습니다. 혼자 있어도 마음이 착잡할 때는 어지럽게 느껴져 인적이 한적한 곳만 찾게 마련이니까요. 피하려는 사람의 마음을 편하게 해주려고 로미오를 뒤쫓지 않고 모르는 체했어요.

몬테규 글쎄 아침이면 자주 로미오가 그곳에서 신선한 아침 이슬 위에 눈물을 뿌리고, 깊은 한숨으로 구름에다 더 많은 구름을 보탠다는 게야. 그러다가 만물에 힘을 주는 태양이 머나먼 동천에서 오로라 여신의 침대로부터 밤의 기운을 떨치기 시작하면, 우울한 내 아들은 곧 빛을 피해 살며시 집으로 돌아와, 방 안에 꼼짝 않은 채 일부러 밤처럼 만들려고 커텐을 내려 햇빛을 막아 버리더구나. 그런 심경은 필시 흉한 화근을 불러일으킬 텐데, 잘 설득하여 그 원인을 없애 주지 않으면 말이다.

벤볼리오 그 연유를 숙부님께서는 알고 계신지요.

몬테규 모른다. 알 까닭이 있어야 말이지.

벤볼리오 어떤 수단을 써서라도 끈질기게 캐물어 보셨는지요?

몬테규 나뿐 아니라 여러 친구들까지 캐물었지만 그 녀석은 속으로 애만 태우고——이게 얼마만큼 맞는지는 모르지만——혼자만의 비밀로 입을 꼭 다물고 있으니 어떻게 알 턱이 없구나. 마치 작은 꽃봉오리가 향기로운 꽃잎을 대기 속에서 활짝 펴고 그 아름다움을 태양에 바치기도 전에 잔인한 벌레에게 먹히고 마는 것처럼 말야. 그 녀석의 슬픔의 근원을 알 수 있다면 당장에라도 고쳐 줄 수 있으련만 ·······.

　*로미오 등장.

벤볼리오 보세요, 마침 로미오가 오고 있군요. 숙부님과 숙모님께서는 자리를 좀 피해 주세요. 제가 그 원인을 알아보죠. 설마 거절이야 하겠어요.

몬테규 내가 여기 있다가 로미오의 진정한 슬픔의 까닭을 듣게 된다면 얼마나 좋겠느냐

　*몬테규 내외 퇴장.

벤볼리오 밤 사이 별고 없었나?

로미오 아직도 아침인가?

벤볼리오 막 아홉 시를 쳤네.

로미오 아, 시간은 지루하게만 느껴지는군! 방금 급히 나가신 분이 내 아버님 아닌가?

벤볼리오 맞아, 그런데 그 어떤 슬픔으로 자네에겐 시간이 그리 길게만 생각될까?

로미오 시간 가는 것도 잊을 수 있을 만큼 갖고 싶은 걸 갖지 못하기 때문이지.

벤볼리오 사랑에 빠졌나?

로미오 아니——.

벤볼리오 사랑에 빠진 게 아니라면?

로미오 사랑하는 여자가 있긴 한데 통 반응이 없다네.

벤볼리오 저런, 그래서 사랑이란 놈은 겉으론 몹시도 달콤해 보이지만 실제로는 몰인정하고 차갑기 그지없는 놈이지!

로미오 제기랄, 늘 앞을 가리고 있는 그 사랑이란 놈은 눈없이도 가고 싶은 길을 잘도 찾아가는군! 어디 가서 아침이나 먹을까?

아니, 여기서 무슨 싸움이라도 있었나? 아냐, 말하지 않아도 짐작하고 있으니. 미움과 관련된 소동도 대단하지만 사랑과 관련된 고민은 한결 더할걸.

오, 그러고 보니, 싸우는 사랑이요, 사랑하는 미움이라! 오, 무(無)에서 창조된 유(有)로구나! 오, 묵직한 가벼움이여! 진실한 허영이여! 겉으론 근사하나 꼴사나운 혼란! 납으로 된 깃털, 빛나는 연기, 차디찬 불, 병든 건 강이로구나! 늘 눈떠 있는 잠이여, 그것이 아닌 그것! 이것이 내가 느끼는 사랑이니 어디 이런 사랑에 만족이 있을 리 있어야지. 어때, 우습지 않은가?

벤볼리오 아니, 우습기는커녕 도리어 울고 싶다네.

로미오 아니, 그건 또 무슨 소리지?

벤볼리오 자네의 착한 마음이 슬픔으로 가득할 테니까. 로미오 이렇게 감당해 내기 어려운데, 자네 슬픔마저 덧붙여 내 가슴을 짓누를 텐가? 자네의 지나친 걱정이야말로 감당하기 힘든 내 아픔에 설상가상 격일세. 사랑이란 한숨으로 피워 올린 연기라네. 깨끗이 개면 연인들의 눈동자에서 반짝이는 불꽃이요, 흐려지면 연인들의 눈물로 바다가 되지. 그게 바로 사랑 아닌가? 가장 분별있는 미치광이요, 숨막힐 듯한 쓴 약이요, 생명을 영위하는 영약이 아닌가. 그럼 잘 가게.

로미오 아니, 나도 같이 가겠네. 이렇게 홀로 날 버리고 가면 너무 서운하잖아. 이런, 나야말로 정녕 어디에 내가 있는 건지 모르겠어. 난 여기 없다구. 이 사람은 로미오가 아니야. 그는 어디 딴 데 가 있다네.

벤볼리오 도대체 누굴 연모하는지 솔직히 털어놓아 보게나.

로미오 뭐라구? 너무 괴로워 끙끙 앓으면서까지 털어놓으란 말인가?

벤볼리오 괴로워서 앓다니? 그러니까. 누군지 어서 말해 보게.

로미오 환자더러 유언을 쓰라고 재촉하는 격이군――아, 그 말이야 말로 환자에겐 한없이 서운한 말이지. 헌데 여보게, 안타깝게도 어떤 여인을 정말로 사랑하게 되었다네.

벤볼리오 그럼 내 짐작이 어지간히 맞아떨어진 셈이로군 그래.

로미오 기가 막힌 명사수야! 여하튼 내가 사랑하는 여자는 보통 미인 이 아닐세.

벤볼리오 이보게. 진짜 미인이라면 그 과녁을 재빨리 쏴 맞춰야 하잖 아.

로미오 글쎄, 그런데 그 여자가 어디 큐피드의 화살에 맞아야 말이지. 그녀는 다이아나 여신의 지혜를 가진 데다 순결이란 갑옷으로 겹겹이 무장하고 있거든. 그러니 어린애 장난감 같은 사랑의 화살로는 끄떡 없을 걸세. 그녀는 사랑의 속삭임에는 흔들리지 않을 테고, 꿰뚫는 듯 한 눈맞춤에서도 벗어나거든. 성인들마저 홀리는 황금에도 치맛자락 을 펼치려 들지 않을 거야. 오, 그녀는 진정 아름답지만, 죽어 버리면 그 아름다움도 무용지물이 되고 마니 정말 애달픈 일이지.

벤볼리오 그럼 그 여자는 평생 수녀로 살겠다는 맹세라도 했단 말인 가?

로미오 그렇다네. 그런데 그녀가 그런 식으로 아름다움을 버리는 건 크나큰 손실일세. 그런 아름다움이 금욕 때문에 굶주려 죽어 버리면 자손 만대 그 아름다움은 끊어지는 게 아니냔 말일세. 아무리 아름답 고 어질고 착한 여자라도 날 실의에 빠뜨렸으니 복을 받지는 못할 걸 세. 그녀는 사랑을 하지 않기로 맹세했지만 고놈의 맹세 때문에, 이렇 게 애만 태우는 나는 죽은 목숨이나 다름 없다네.

벤볼리오 내 말을 듣게. 그녀를 잊어버리게나.

로미오 오, 어떻게 하면 잊을 수 있는지 제발 좀 가르쳐 주게!

벤볼리오 자네의 눈을 자유롭게 만들게. 다른 아름다운 여인을 찾아보는 게 어때?

로미오 그건 그녀의 아름다움을 한층 더 생각나게 할 뿐이야. 아름다운 여인들의 이마에다 입맞추는 저 어릿광대는 검기 때문에 도리어 그 숨겨진 미모를 더 생각케 하잖는가. 별안간 눈이 먼 자는 잃어버린 시력의 소중함을 잊을 수 없는 법이지. 절세의 미인을 내 앞에 데려와 보게나. 그 어떤 아름다움도 그녀의 아름다움과 비교할 수 없을 거야. 절세 미인의 아름다움도 그녀의 아름다움을 읽게 할 주석 역할밖에 못 할 테니까. 그럼 잘 가게. 그녀를 잊게 할 방법을 내게 가르쳐 줄 순 없을 걸세.

벤볼리오 반드시 그 방법을 알려 주고야 말겠네. 빚지고 죽을 수야 없잖나. (두 사람 퇴장)

제 2 장 거 리

*캐풀렛, 파리스 백작 그리고 하인 등장.

캐풀렛 하지만 몬테규도 나처럼 서약을 했고 똑같은 벌을 받았다오. 우리 같은 늙은이들이야 싸움을 그만두는 것이 그렇게 어려운 일은 아니죠.

파리스 두 분 모두 존귀하신 분들인데, 이렇게 긴 세월 동안 서로 미워하시니 정말이지 유감스럽군요. 그건 그렇고, 제 청혼에 대한 일은 어떻게 되는지요.

캐풀렛 지난번에 한 말을 되풀이할 수밖에 없다오. 내 딸은 아직 세상 물정에 어두운 데다, 채 열네 살도 되지 않았소. 적어도 두 번의 여름이 지나야만 신부감이 될 수 있을 게요.

파리스 댁의 따님보다 더 어린데도 이미 행복한 어머니가 된 사람도 있잖습니까.

캐풀렛 그러기에 너무 일찍 결혼하면 너무 쉽게 망쳐지잖소. 다른 애들은 나를 두고 먼저 먼길 가 버리고, 그 애만 남아 내 희망이 되었지요. 하지만 파리스 백작, 내 딸에게 직접 청혼하여 그애의 마음을 사로잡아 보구료. 딸애가 허락한다면 내 뜻은 그애와 같다고. 딸이 동의하면 난 그 아이가 택한 대로 승인하고 기꺼이 찬성할 수밖에 없으니까요. 오늘 밤 우리 집에서 관례적인 연회를 열 작정이오. 친한 분들이 많이 오실 텐데 백작께서 최고의 귀빈으로 왕림해 주시면 최상의 연회가 될 것이오. 누추한 집이지만 부디 왕림해 주시어, 어두운 밤하늘을 밝게 해주는 별처럼 아름다운 여인네들을 보시지요. 멋지게 치장한 4월이 쫓겨가는 겨울을 바싹 뒤쫓아 원기왕성한 젊은이가 느낄 수 있는 환희를, 오늘 밤 내 집에서 갓 피어난 꽃망울 같은 처녀들 틈속에서 맛보게 될 것이오. 처녀들과 만나 이야기를 나눈 후 그중 으뜸인 처녀를 골라 보시죠. 그 사이엔 내 딸애도 속해 있으나 몇몇 중엔 들겠지만 손에 꼽힐 정도야 되겠는지요. 자, 그럼 가시죠. (하인에게 쪽지를 건네 주며) 어서 아름다운 베로나를 두루 뛰어다니며, 여기 적혀 있는 분들을 찾아뵙고 우리 집에 왕림해 주시기를 청한다고 말씀드려라. (캐풀렛과 파리스 퇴장)

하 인 여기 이름이 적혀 있는 분들을 찾아뵈라고? 제기랄, 구두장이는 잣대를, 양복장이는 구두를, 어부는 연필을 그리고 환쟁이는 그물을 만지작거려야 하다니! 허 참, 대체 누가 적혀 있는지 알아야 찾아뵙든지 말든지 하지. 어디 글을 아는 사람을 찾아봐야겠군──옳지, 마침 잘됐다.

　　*벤볼리오와 로미오 등장.

벤볼리오 흥, 여보게! 어디 등불이 햇빛을 당할 수 있는가. 어떤 고통이라도 더 큰 고통이 오면 덜어지게 마련이지. 빙빙 돌다가도 거꾸로 돌면 덜 어지러운 법이야. 어떤 절망이라도 다른 번민이 오면 나아지

듯 말일세. 자네 눈이 새로운 병에 걸려 보라지. 그럼 과거의 고통이나 번민 따위는 깨끗이 사라져 버릴걸.

로미오 거기에는 가장 좋은 것이 저 질경이 잎이라네.

벤볼리오 제일이라구? 어디에?

로미오 자네 정강이의 할퀴어진 데 말일세.

벤볼리오 아니 로미오, 자네 미쳤나?

로미오 미치다니, 천만에! 하지만 미치광이 이상으로 묶여 있는 셈이지. 감옥에 갇혀 얻어 먹지도 못하고 매질만 당하며 고문을 받고 있는 것 같다네. 자, 그럼 잘 가게.

하 인 아이고, 안녕하십니까, 나으리. 글을 읽으실 줄 아시죠?

로미오 그럼, 불운한 내 운명쯤은 훤히 읽을 수 있지.

하 인 아마 그런 것쯤은 책없이도 배우셨겠죠. 저, 그게 아니라 나으리께선 글을 읽을 수 있으신지요?

로미오 암, 내가 글자와 말을 안다면야.

하 인 솔직하게 말씀하시는군요. 그럼 실례했습니다.

로미오 잠시 기다려 주게, 이 친구야. 난 읽을 줄 알아. (그가 읽는다) 마르티노 씨 내외와 따님들, 안젤모 백작과 그의 아름다운 누이들, 비트루비오 미망인, 플래센쇼 씨와 그의 사랑스런 질녀들, 머큐쇼와 발렌타인 형제, 캐퓰렛 숙부님 내외와 따님 그리고 질녀 로잘린과 리비아, 발렌쇼 씨와 그의 사촌 티볼트, 루시오와 명랑한 헬레나 양. (쪽지를 돌려 준다) 쟁쟁한 모임이로군. 어디로 모이는 거지?

하 인 저 위로요.

로미오 어디?

하 인 저희 집의 만찬엡쇼.

로미오 뉘 댁인데?

하 인 저희 주인 댁입죠.

로미오 아 참, 그걸 미리 물어 봐야 했군 그래.

하 인 물으시지 않으셔도 이젠 답해 드리죠. 저희 주인님은 갑부 캐풀렛님이라오. 한잔 하러 오시지요. 물론 나으리가 몬테규 집안 사람이 아니라면요. 자, 그럼 안녕히들 계십쇼. (퇴장)

벤볼리오 캐풀렛 집안의 관례적인 연회에 자네가 그토록 애를 태우며 연모하는 로잘린 양도 오는군. 더우기 아름답기로 소문난 베로나의 뭇 미녀들과 함께 말일세. 거기에 가서. 그리고 자유로운 눈으로 내가 알려 주는 다른 여인들과 그녀를 비교해 보게나. 내 자네의 백조를 까마귀로 생각하도록 만들어 주지.

로미오 내 눈의 신성한 믿음이 그따위 거짓을 담게 된다면 눈물은 불덩어리로 변할 걸세. 곧잘 눈물에 젖으면서도 절대 죽지 않는 이 두 눈이 멀쩡한 채, 이단자 짓만 해보라지! 그런 거짓말쟁이는 당장 불살라 버릴 테야! 내 사랑보다 더 아름다운 여인이라고? 천만에, 천지 창조 이래 만물을 봐 온 태양도 결단코 그녀와 견줄 만한 미인은 보지 못했을걸.

벤볼리오 쳇! 자넨 그녀의 아름다움만 보았지 다른 여인의 아름다움을 견주어 본 적이 없잖나. 자네의 눈에다 그녀만 달아 보았을 뿐이네. 하지만 수정 같은 두 눈으로 자네의 사랑하는 여인과 오늘 밤 무도회에서 자네에게 보여 줄 다른 처녀를 함께 견주어 보게. 지금은 그 여인이 최고로 보이지만 더 뛰어난 여인도 있을 걸세.

로미오 참석이야 하겠지만 자네가 보여 준다는 미인들을 보러 간다는 건 아닐세. 다만 내 애인의 사랑스러움을 즐기기 위해서지. (퇴장)

제 3 장   캐풀렛 가 안방

*캐풀렛 부인과 유모 등장.

캐풀렛 부인 유모, 딸애는 어디 있지? 좀 불러다 주게.

유 모 글쎄요. 내 열두 살 적 처녀성을 걸고 맹세하지만, 분명히 아가씨더러 오라고 일렀는데요. 양 아가씨! 아니 참새 아가씨! 아유, 참! 요 색시가 어딜 갔담? 저런, 아가씨!

*줄리엣 등장.

줄리엣 왜 그래? 누가 부르셔?

유 모 마님께서요.

줄리엣 어머니, 저 왔어요. 무슨 일이 있나요?

캐풀렛 부인 딴 게 아니라 저, 유모는 잠시 자리를 비켜 줘요. 우리끼리 할 얘기가 있으니. 아냐, 그냥 있어 줘요. 유모 얘기도 들어 보는 게 좋을 것 같군. 이젠 이 애도 시집 보낼 때가 된 것 같다고 생각되는데.

유 모 그럼요. 아가씨 나이라면 정확하게 시간까지 댈 수 있습죠.

캐퓰렛 부인 열네 살이 되려면 아직 조금 남았지.

유 모 열네 개의 제 이빨에다 두고 맹세하지만——헌데 서글프게도 네 개뿐이 안 남았구먼요——아가씨는 아직 열네 살이 안 됐어요. 8월 초하루까지는 얼마나 남았나요?

캐퓰렛 부인 이 주일하고도 며칠 더 남았지.

유 모 몇날이구 며칠이구 일년 중 모든 날들 가운데 8월 초하룻날 밤이 오면 아가씨는 열네 살이 되죠. 수잔과 따님은——하느님 비옵나이다——동갑이죠. 글쎄, 수잔은 벌써 천당으로 가 버렸지만 제겐 분에 넘치는 아이였습죠. 그건 그렇구, 8월 초하룻날 밤이면 아가씨는 열네 살이 됩니다. 정말이구말구요. 제가 잘 기억하고 있습죠. 자, 그러니까 지진이 일어난 지도 11년이 됐군요. 아가씨는 바로 그날 젖을 떼었습죠——전 잊을 수가 없어요——전 그날 젖꼭지에다 약쑥을 바르고 비둘기 집의 담벼락 아래서 햇볕을 쬐며 있었지요. 그때 주인 나리와 마님께서는 만투아에 가셨었죠. 정말이지 전 명확히 기억하고 있습죠. 헌데 말씀드렸다시피 아가씨가 젖꼭지의 쓰디쓴 약 맛을 보구는 가엾게도 짜증을 내며 젖꼭지와 실랑이를 하지 않겠어요! 그때였어요. 비둘기 집이 흔들리던 것이! 정말이지 이제 저보구 나가란 말씀일랑 하지 마세요. 그때 이후로 벌써 11년이 지났지만, 그때 아가씨는 제법 혼자 설 수도 있었습죠. 아니, 분명히 사방을 걷고 뛰어다녔습죠. 바로 그 전날만 해도 아가씨는 이마를 다쳤는데, 그때 우리 그이는——주님께서 그의 영혼과 함께 하시기를! 그이는 아주 재미있는 사람이었습죠——아가씨를 번쩍 들어올리고는, '그래, 아가, 넌 앞으로 넘어졌느냐? 나중에 철이 들면 뒤로 넘어질 거야, 그렇지 않니, 줄 아가?'라고 했지요. 그런데 글쎄, 그때 아가씨가 울음을 뚝 그치고는 '옹' 하고 말하지 않겠어요. 그 농담이 진짜가 될런지는 두고 봐야 알겠지만! 전 맹세할 수 있습니다요. 제가 천 년을 산다 해도 그 일만은 잊지 않을걸요. '그렇지 않니, 아가?' 하니까 고 귀여운 것이 울다 말고 '옹' 하고 대답했다구요, 글쎄.

캐풀렛 부인 됐으니, 제발 이젠 그만 좀 해요.

유 모 예, 마님, 그래도 아가씨가 울다 말고 '옹' 하고 대답한 걸 생각하면 웃음을 참을 수 없습니다요. 글쎄, 아가씨 이마에는 아기 병아리 불알만한 혹이 돋았던 걸 확실히 기억하고 있지요. 무척이나 아팠던 모양이에요. 그러니 아가씨가 그토록 울어 댔겠죠. '그래' 하며 그이가 말하기를, '앞으로 넘어졌니, 아가? 네가 철이 들면 뒤로 넘어질 거야, 그렇지 않니, 줄 아가?'라고 했더니 아가씨가 울음을 뚝 그치고는 '옹' 하고 대답하지 않겠어요.

줄리엣 유모도 참! 이제 그만 좀 해요, 제발.

유 모 쉿, 이제 다 했어요. 하느님, 아가씨께 은총을 내리사! 아가씨는 제가 키운 아기들 중 가장 예뻤지. 살아 생전 아가씨의 결혼을 볼 수 있다면 아무런 여한이 없다오.

케풀렛 부인 글쎄, 바로 그 '결혼' 이야기를 하려던 참이라구. 얘야, 내게 말해 보렴. 결혼한다는 데 대한 네 의향은 어떠냐?

줄리엣 꿈속에서조차도 생각지 못한 명예예요.

유 모 명예라구요? 아가씨의 유모가 나 혼자만 아니었더라면 아가씨가 젖꼭지에서 그런 말솜씨를 빨아들였다고 말하고 싶은걸.

캐풀렛 부인 그럼, 이제 결혼에 대해 생각해 보렴. 여기 베로나에서는 너보다도 어린 나이에 어머니가 되어 있는 규수들이 있단다. 날 보거라. 넌 지금 처녀지만 너맘 때 난 네 어머니였어. 그러니 간단히 말하자꾸나. 글쎄, 그 늠름한 파리스 백작이 널 아내로 맞아들이고 싶어한단다.

유 모 훌륭한 분이에요, 아가씨! 신사의 표본과도 같은 온 세상에서 으뜸인 신랑감이라구요.

캐퓰렛 부인 베로나의 한여름에도 그분과 견줄 만한 꽃은 찾아보기 힘들지.

유 모 맞아요. 그분은 꽃이에요. 정말 멋진 꽃이죠.

캐퓰렛 부인 네 생각은 어떠냐? 넌 그분을 사랑할 수 있겠니? 오늘 밤 무도회에서 그분을 뵙게 될 거다. 그러니 젊은 파리스 백작의 얼굴을 잘 살펴서 아름다움의 붓으로 그려 놓은 것 같은 기쁨을 찾아보렴. 그 멋진 얼굴을 세밀히 관찰해서 그 생김생김들이 얼마나 잘 조화를 이루고 있는지 보거라. 그리고 그 아름다운 얼굴이라는 책에 자세히 씌어 있지 않은 것은 눈이라는 여백에서 찾아볼 수 있지. 제본 안 된 애인이랄까, 그 무엇보다 귀한 이 사랑의 책은 단지 표지만 붙이면 완성된단다. 물고기는 바다에서 살고, 겉으로 드러난 아름다움을 안에도 지니고 있다는 건 큰 자랑거리지. 많은 사람들의 눈에 영광을 나누어 주는 책이란, 황금 표지에 황금 같은 이야기들을 담고 있지. 그러니 그분과 결혼을 하게 되면 너는 그분이 가진 모든 것을 얻을 수 있고, 또한 네 것은 줄어들지 않을거야.

유 모 줄어들다뇨? 웬걸요, 더 불어날 겁니다! 여자란 서방님을 얻으면 몸이 더 불어나게 마련이죠.

캐퓰렛 부인 애야, 간단히 말해 봐라. 파리스 백작을 사랑할 수 있겠니?

줄리엣 그분을 뵙고서 만일 정이 든다면 좋아하도록 하겠어요. 하지만 어머니께서 보라고 한 곳까지만 보고 그 이외는 아무것도 보지 않겠어요.

*하인 등장.

하 인 마님, 손님들이 오십니다요. 음식들도 다 준비되고, 마님을 찾고 아가씨도 어서 오랍시고, 부엌에선 유모를 욕하고, 온통 뒤죽박죽입니다요. 전 어서 가서 시중을 들어야 합죠. 제발 얼른 가 보십쇼.

캐풀렛 부인 오냐, 곧 가마. (하인이 퇴장) 줄리엣, 백작님께서 많이 기다리시겠구나.

유 모 어서 가세요. 아가씨, 행복한 날의 행복한 밤을 꼭 붙잡으세요.

제4장 거 리

*가면을 쓴 대여섯 명의 사람들이 나타나고 횃불을 든 사람들과 함께 로미오, 머큐쇼, 벤볼리오 등장.

로미오 그런데, 어떤 핑계를 대고 들어갈까, 아니면 무턱대고 그냥 들어가 볼까?

벤볼리오 그런 수법이 통하는 시대는 이미 오래전 일이야. 수건으로 눈을 가린 큐핏이 타타르 인들의 얼룩덜룩한 장난감 화살로 허수아비처럼 처녀들을 놀라게 할 필요도 없거니와, 들어갈 때 막 뒤의 변사를 따라 가까스로 외우는 서사와 같은 소개도 필요없단 말일세. 저들 멋대로 생각하라고 해. 우린 우리대로 생각하고 사라져 버리면 되는 거야.

로미오 횃불을 이리 주게. 어쩐지 우울한게 어울릴 기분이 나지 않아. 그러니 횃불이나 들고 서 있겠네.

머큐쇼 그건 안될 말이지. 로미오, 자넨 꼭 춤을 춰야 해.

로미오 싫어, 안 추겠네. 날 이대로 내버려 둬. 자넨 가벼운 무도화를 신었지만, 난 납덩어리처럼 무거운 창을 댄 영혼 때문에 땅에 착 달라붙어 도무지 옴짝달싹할 수가 없네.

머큐쇼 자넨 지금 사랑에 빠져 있지 않나. 그러니 큐피드의 날개를 빌어 훨훨 날아 보게나.

로미오 큐피드의 화살이 워낙 깊이 박혀서 난 그 가벼운 날개론 날아오를 수가 없네. 게다가 꽁꽁 묶여 있으니 이 괴로움을 이겨낼 수도 없고. 사랑의 무거운 짐 밑으로 자꾸만 가라앉을 뿐이네.

머큐쇼 근데 자네가 그 짐 속으로 가라앉는다면 오히려 자네가 사랑의 짐이 되네그려. 가냘픈 사랑에겐 너무 큰 짐이 되지 않겠는가?

로미오 사랑이 가냘프다고? 너무도 우악살스럽고, 억세고, 난폭하던데. 게다가 마치 가시처럼 찌르기도 하더군.

머큐쇼 만일 사랑이 자네에게 억세게 군다면 자네도 난폭해지게나. 찌르거든 자네도 찔러 주고 때려 눕히란 말일세. 내 얼굴에 쓸 가면을 이리줘. 가면같이 생긴 얼굴에 또하나의 가면이라! 호기심 많은 눈이 보기 흉한 낯짝을 뚫어지게 본들 무슨 상관이야! 가면으로 가린 얼굴 대신 툭 튀어나온 이마가 뻘개질 테지.

벤볼리오 이리 오라구. 문이나 두드리고 들어가지. 들어가자마자 모두 춤을 춰야 하네.

로미오 횃불을 이리 줘! 마음이 들뜬 친구들이나 무감각한 바닥을 뒤꿈치로 비벼 보라고 해. 속담에도 있듯이 난 촛불을 들고 구경이나 하겠어. 난 그만 가야겠네. 놀이에는 도통 재미를 느낄 수가 없네.

머큐쇼 쳇! 그만 가겠다고? 순경 나으리의 암호처럼 들리는군! 자네가 그만 가겠다면 자네가 귀밑까지 빠져 있는 사랑의 늪에서 자넬 끌어내 줌세. 이리 오라구. 오, 우린 대낮에 횃불을 들고 서 있는 격이군!

로미오 아닐세, 그렇지 않아.

머큐쇼 여보게, 내 말은 괜스레 머뭇거리다간 대낮같이 밝은 불이 아깝다는 뜻이야. 말의 진의를 알아 주게나. 우리의 분별력은 다섯 개의 지혜보다 다섯 배나 더 크게 작용하니 말이야.

로미오 우리가 이 무도회에 참석하는 뜻은 선의지만 슬기로운 짓은 되지 못할 걸.

머큐쇼 어째서지?

로미오 간밤에 꿈을 꾸었다네.

머큐쇼 나도 꾸었지.

로미오 그래? 무슨 꿈이었나?

머큐쇼 꿈쟁이는 으레 거짓말쟁이라는 꿈을.

로미오 잘 때는 참된 꿈을 꾼다던데.

머큐쇼 오, 그럼 자넨 요정들의 여왕인 맵과 동침했구먼. 맵은 요정들의 산파요, 시청 나으리 손가락에서 반짝이는 저 작은 보석에 패인 상(像)보다도 더 작은 모습을 하고서는, 작은 난쟁이들의 무리와 동행해서 잠들어 누워 있는 사람의 코 위를 지나다닌다지. 그녀의 마차는 개암 열매의 껍질인데, 아득한 옛날부터 요정들의 마차를 만들어 온 다람쥐나 좀벌레가 만들었지. 바퀴의 살은 기다란 거미 다리로, 뚜껑은 메뚜기 날개로, 고삐는 가장 가느다란 거미줄로, 목에 거는 마구는 물기 어린 달빛으로, 채찍은 귀뚜라미 뼈로, 채찍 끈은 얇은 막으로 만들어졌지. 마부는 회색 외투를 걸친 모기 새끼인데, 게으름뱅이 계집애의 새끼손가락에서 살아 숨쉬는 둥근 새끼 벌레의 절반도 안되는 크기를 지녔지. 맵은 이런 마차를 타고 밤마다 애인들의 머리 속을 달리며 지나간다네. 그럴 때마다 애인들은 사랑의 꿈을 꾸게 되지. 벼슬아치의 무릎 위를 지나가면 당장 굽실거리는 꿈이요, 변호사의 손가락 위를 지나가면 당장 보수를 받는 꿈이요, 아가씨의 입술 위를 지나가면 당장 입맞추는 꿈을 꾸게 되는데, 아가씨의 숨결이 과자 냄새로 탁해져 있으면 맵은 화를 내며 아가씨의 입술을 부르트게 만든다지. 때로 맵은 벼슬아치의 콧잔등을 질주하는데, 그때 벼슬아치는 큰 감투를 얻는 꿈을 꾸게 되고, 그녀가 십일조로 바칠 돼지의 꼬리를 가지고 와 잠들어 누워 있는 목사의 코를 간지럽히면, 그때 목사는 녹(祿)을 더 받는 꿈을 꾼다지. 때로 그녀가 군인의 목덜미를 지나칠 때면 군인들은 적의 목을 베는 꿈, 공격, 복병, 스페인 칼날의 꿈, 다섯 길 깊이나 되는 잔을 들어올리는 축배의 꿈을 꾸다가 갑자기 소리를 듣고는 벌떡 일어나지. 이리하여 놀란 그는 한두 마디의 기도를 올리고는 다시 잠을 청한다네. 한밤중에 말의 갈기를 땋는 것도 그리고 냄새나고 더러운 계집애의 머리를 엉키게 하는 것도 다 바로 맵의 소행인데, 엉킨 머리가 풀리면 악운이 닥친다나. 또한 처녀들이 반듯이 누웠을 때 그들을 눌러도 우선 참는 것을 익히게 해서 가뿐히 짐을 받드는 여인네들로 만들어 주는 것도 바로 그 노파의 장난질이지. 또 맵은——.

로미오 쉿, 쉿, 머큐쇼, 쉿! 자넨 괜한 말들만 늘어놓고 있어.

머큐쇼 맞는 말이야. 난 꿈 얘기를 하고 있으니까. 이런 근거없는 꿈들은 대게 하는 일없이 빈둥거리는 자들의 머리 속에서 태어나는 거지. 근데 그 공상이란 잡을 수 없는 공기와 같고, 변덕스럽기로는 금새 북쪽의 언 가슴에다 대고 구혼하다가 벌컥 화를 내고, 훌쩍 떠나 상큼한 이슬 맺히는 남쪽으로 얼굴을 돌리는 바람보다 더하단 말씀이야.

벤볼리오 자네가 말하는 그 바람 덕택에 우린 할 일을 잊고 있군 그래.

만찬도 끝나 버리고, 이러다간 너무 늦겠는걸.

로미오 아니야, 도리어 이르다고 생각되네. 왠지 불안하군. 아직은 별에 걸려 있는 어떤 중대한 일이 오늘 밤의 연회를 시점으로 무섭게 타올라, 이 가슴속의 답답한 삶의 기간을 뜻밖의 죽음이라는 지독한 형벌로 청산되지나 않을는지. 하지만 내 앞길을 인도하는 운명에게 내 항해를 맡길 수밖에 없겠지! 자, 활기차게 들어가세!

벤볼리오 두드려라, 북을.

*그들은 집 안으로 행진해 들어간다. (퇴장)

제 5 장 캐풀렛 가의 홀

*(악사들 대기중) 하인들이 냅킨을 들고 나타난다.

하인 1 식탁 치우는 것도 거들지 않고 대체 어디 있는 거야. 팥팬은 그러고도 접시를 치우고 닦는다구 할 수 있는 거냐구!

하인 2 일은 모두 한두 사람의 손에만 맡겨진 데다 손들은 더럽기만 하니, 원 이거 될 말인가.

하인 1 의자를 치우고, 찬장도 치우고, 접시는 조심스럽게——여보게, 날 생각한다면 호두과자 하나쯤은 남겨 두게나. 그리고 문지기더러 수잔 그린드스톤과 넬을 들여보내라고 해. 어이 안토니, 팥팬!

하인 2 아, 왜 그러지?

하인 1 큰 방에서 뭘 부탁하려는지 자넬 찾고, 부르고, 아주 난리 법석이라네.

하인 3 몸이 둘이 아닌 이상 여기저기 동시에 있을 순 없잖아. 자, 모두 기운을 내자구, 기운을! 이럴 땐 힘센 놈이 장땡이지. (하인들

36

퇴장)

　*가면 쓴 사람들이 등장. 하인들과 함께 캐퓰렛, 캐퓰렛 부인, 줄리엣, 티볼트 그리고 모든 손님들과 귀부인들이 등장하여 가면 쓴 사람들을 맞이한다.

캐퓰렛 모두들 잘 오셨습니다! 발가락이 부르트지 않은 아가씨들이 여러분과 춤을 출 것이오. 자아, 우리 아가씨들! 이 중에서 누가 춤을 안 추실 작정이오? 얌전 떠는 아가씨는 분명히 발가락이 부르텄을 거요. 내 말이 맞잖소? 잘 오셨소, 신사분들! 나도 젊은 날엔 여러분처럼 가면을 쓰고 아름다운 아가씨의 귀에 사랑의 밀어를 속삭였다오. 다 지나간 날의 추억이지. 참 잘 오셨소, 신사분들! 자, 악사들, 연주를 시작하게. 춤출 자리를 넓혀, 자릴 만들라구! 자, 아가씨들, 춤을 추시지요. (음악이 연주되고 춤이 시작된다) 여봐라, 더 환한 빛으로 불을 밝혀라! 그리고 탁자들일랑 밀어 놓고 난로불은 꺼. 방이 너무 더워. 아, 이거 뜻밖에 신나게 되어 가는군. 여보게 사촌, 그렇게 서 있지만 말고 앉아 있게, 앉아 있어. 자네와 난 춤출 시절은 지났다네. 자네와 내가 가면을 벗은 지가 얼마나 오래 됐나?

캐퓰렛 2 아마 30년은 됐을걸.

케퓰렛 뭐라구, 이 사람아? 그렇게까지 오래 되진 않았어, 그렇구말구! 루센쇼의 결혼식 이후부터니까, 성령 강림절이 아무리 빨리 온다 해도 한 25년쯤 되었을까. 그때 우린 가면을 썼더랬지.

캐퓰렛 2 25년은 더 되었지, 더 되구말구! 지금 그 자식놈이 그보다 나이를 더 먹었으니까. 서른 살이나 되었다구.

캐퓰렛 그럼, 자네 나하고 내기할 텐가? 그 녀석은 2년 전만 해도 미성년자였다구.

로미오 (하인에게) 저기 저 기사의 손을 돋보이게 해주는 아가씨가 누구지?

하 인 알 수가 없는뎁쇼, 나리.

로미오 아, 저 아가씨는 횃불에게 더 환한 빛으로 타오를 수 있는 법을 가르치고 있구나! 그녀는 흡사 이디오피아 흑인의 귀에 달린 값비싼 보석처럼 밤의 뺨 위에 걸려 있는 것 같아. 쓰기엔 너무나 정결한 아름다움이요, 땅에 있기엔 너무나도 아깝구나! 친구들을 능가하는 저 아가씨의 자태를 좀 봐. 까마귀 떼 속에 섞인 눈처럼 흰 비둘기의 모습이랄까. 그녀가 서 있는 곳을 잘 봐 뒀다가 이 음악이 끝나면 그녀의 손을 잡아 내 무례한 손을 정결하게 해야지. 내 마음이 아직도 사랑하고 있었다구? 그건 거짓이었어. 보라구! 난 오늘 밤에야 비로서 진정한 아름다움을 만나게 되거야.

티볼트 저 목소리는 분명히 몬테규 족속이다. 야, 어서 내 칼을 가져와. 저 빌어먹을 놈이 우스꽝스런 가면을 뒤집어쓰고 여기 나타나다니. 우리의 이 장엄한 연회를 맘껏 비웃고 망치려는 수작인가? 그렇담 내 가문의 혈맥과 이상을 위해 저런 놈은 죽여도 마땅하지.

캐풀렛 아니, 왜 그러느냐, 애야! 무슨 일로 그렇게 화를 내는 거냐?

티볼트 숙부님, 저놈은 우리의 원수 몬테규 족속이라구요. 저 뻔뻔스러운 놈이 오늘 밤 연회를 망쳐 놓으려고 겁도 없이 왔잖아요.

캐풀렛 로미오란 젊은이 말이냐?

티볼트 예, 바로 로미오란 자식이죠.

캐풀렛 화를 누르거라, 애야. 그 젊은이를 내버려 둬라. 저 청년은 품행이 좋더구나. 사실인즉 저 젊은이는 베로나의 자랑거리란다. 훌륭하고 성실한 청년이지. 이 도시의 전 재산을 다 준다 해도 내 집에 온 저 젊은이에게 피해를 입힐 순 없다. 그러니 참고 모르는 체해라. 이게 내 뜻이니, 내 뜻을 존중한다면 즐거운 표정을 짓고 이맛살을 펴라. 흥겨운 연회에서 그 표정은 어울리지가 않구나.

티볼트 저런 못된 놈이 다 왔으니, 제 표정은 당연한 거예요. 정말이지 못 본 체하고 볼 순 없어요.

캐풀렛 그냥 놔둬라. 글쎄, 내버려 두라니까. 대체 여기서 주인이 나냐, 너냐? 저런, 내버려 둘 수 없다구? 하느님 맙소사! 손님들 앞에서 난장판을 벌여 혼란을 자초해 보겠단 말이냐! 정 그렇게 할테냐!

티볼트 하지만 숙부님, 참는 건 더 치욕스러운 일이예요.

케풀렛 아니 뭐라구? 이런 건방진 녀석, 그게 수치라니? 싸움을 벌이면 넌 다칠지도 몰라. 옳고 그름이 무엇인지 난 알고 있단다. 그래도 내 뜻을 거역하겠단 말이냐?──허, 참 어처구니없는 노릇이군!──건방진 녀석 같으니. 글쎄, 잠자코 있으라니까. 불을 더 밝혀, 더 환하게 해!──부끄러운 줄 알아라! 널 혼내 주고 말 테다. 자, 여러분 즐거운 시간을!

티볼트 억지로 참으려니 속이 뒤틀려 사지가 부들부들 떨리는군. 내가 물러가지. 이번 침입이 당장은 환희의 연속이겠지만 곧 쓰디쓴 맛을 보게 해주마. (퇴장)

로미오 (줄리엣의 손을 붙잡고) 성스러운 성지를 감히 이 무례한 손이 더럽힌 것이라면, 그 점잖은 죄의 보상으로 내 입술이 낯을 붉힌 두 순례자처럼 대기하고 서서 점잖게 입맞추어 성스러움을 얻고 싶소.

줄리엣 착한 순례자님, 그건 당신의 손에 너무 심한 모욕이예요. 손은 이처럼 순결한 믿음을 보여 주고 있잖아요. 순례자가 성자의 손을 만지고 손바닥과 손바닥을 맞대는 것이 성스러운 순례들의 입맞춤이라지요.

로미오 성자나 거룩한 순례자에게도 입술이 있잖소?

줄리엣 아이, 순례자님. 그건 기도를 올리자는 입술이예요.

로미오 오, 정결하신 성녀시여. 그러면 손들이 하는 키스를 입술이 하도록 해주소서! 입술의 간절한 기원을 외면하지 말아 주시오. 성스런 신앙이 절망으로 변해서야 되겠소?

줄리엣 성자의 마음은 변하지 않는 법이지요. 비록 기원을 들어 줄지라도 말예요.

로미오 그럼 내가 내 기원의 효험을 얻는 동안 움직이지 말아요. 그러면 당신의 입맞춤으로 내 입술의 죄를 씻어내리다. (키스한다)

줄리엣 그럼, 내 입술이 그 죄를 짊어지게 되잖아요.

로미오 내 입술에서 죄를? 오, 이 얼마나 황홀한 책망인가! 그럼 내 죄를 돌려주오. (키스한다)

줄리엣 당신은 입맞춤에도 이유를 붙이시는군요.

유 모 아가씨, 어머니께서 하실 말씀이 있으시대요.

로미오 아가씨의 어머니가 뉘시오?

유 모 어머나, 이 젊은 양반 좀 보게. 아가씨의 어머니는 이 집의 마님이세요. 어질고 고귀한 분이지요. 젊은이와 이야기하고 있던 아가씨를 내가 키웠다우. 젊은이한테 말해 주지만, 아가씨를 데려가는 남자는 엄청난 행운을 소유하게 되는 셈이라우.

로미오 그녀가 캐퓰렛의 딸이라니! 오, 이것 참 값비싼 거래로구나! 내 생명은 이제 원수의 볼모가 되어 버렸어!

벤볼리오 자, 그만 가세. 흥이 한창이니 말일세.

로미오 아, 그럴까. 헌데 난 더 심란하군.

캐퓰렛 아니, 여러분 가지 마시오. 간단한 다과도 마련되어 있다오. 그래도 가려오? 그럼 할 수 없지요. 와 주셔서 감사하오. 감사하오, 여러분. 잘들 가시오. 여기 불을 더 켜라! (가면 쓴 사람들이 퇴장한다) 그럼, 난 잠자리에 들어야겠군. 아, 정말 밤이 깊었어. 쉬러 가야지.

(줄리엣과 유모만 남고 모두 퇴장)

줄리엣 이리 와요. 유모. 저기 저 신사는 누구지?

유 모 티베리오 댁의 외아들이죠.

줄리엣 지금 막 문을 나서는 분은?

유 모 글쎄 페트류쇼 도령님 같은데요.

줄리엣 저기 뒤에 가는 분은 누구지? 춤도 추지 않으시던데.

유 모 모르겠는데요.

줄리엣 빨리 알아봐줘요. 그분이 결혼하신 분이라면 아마도 내 신방은
무덤에서 꾸며질거야.

유 모 그는 로미오래요. 몬테규 집안의, 그러니까 원수의 외아들이
죠.

줄리엣 하나뿐인 내 사랑이 해묵은 증오에서 싹트다니! 모르게 너무
일찍 봐 버렸고, 알고 나니 너무 늦었어! 원수의 자제를 사랑하게 되
다니, 아, 한스러운 사랑의 싹이여!

유 모 아니, 그게 무슨 소리예요? 무슨 소리냔 말예요?

줄리엣 같이 춤을 추던 분에게서 방금 막 배운 시야.

　*안에서 '줄리엣' 하고 부른다.

유 모 네, 곧 갑니다. 자, 어서 들어가요. 손님들도 모두 가셨으니.

(퇴장)

제 2 막

서 사

*서사역 등장.
이제 낡은 정욕은 무덤에 쓰러지고
젊은 애정이 뒤따라 입을 벌리네.
그 사랑 때문에 죽을 듯 신음했던 저 미인도
어여쁜 줄리엣과 비교해 보니 이제는 미인이 아니로다.
이제 로미오는 사랑을 주고 받으며
서로가 아름다운 모습에 매혹되도다.
하지만 그는 세상이 다 아는 원수네. 여자로 애태워야 하고 그녀도 무
시무시한 올가미에서 달콤한 사랑의 먹이를 훔쳐야 하네.
원수 사이니 그는 가까이 가서 연인들이 늘 하는 사랑의 맹세도 속삭
일 길 없고
그녀 역시 사랑하는 마음은 못지 않으나
갓생긴 애인을 만날 길은 까마득하구나.
그러나 정열은 힘을 주고 시간은 만날 기회를 주어
곤경은 극도의 황홀로 누그러지네. (퇴장)

제1장 캐풀렛 가 정원 담장 쪽의 좁은 길

*로미오 혼자 등장.

로미오 마음은 여기 있는데 이대로 돌아설 순 없어! 이 아둔한 몸뚱아리야, 돌아서서 중심을 찾아라. (담으로 기어올라 안으로 뛰어내린다)

*머큐쇼와 함께 벤볼리오 등장.

벤볼리오 로미오! 어디 있나, 로미오! 로미오! 이런 약삭 빠른 친구 같으니. 잠자러 집으로 몰래 도망친 게 분명해. 이 길로 달려와 정원 담을 뛰어넘었는데. 이봐 머큐쇼, 좀 불러 보게.

머큐쇼 아닐세, 난 주문으로 불러내겠네. 로미오! 변덕쟁이! 마치광이! 정열가! 사랑에 빠진 포로! 한숨이라도 쉬어 보라구. 한마디라도 중얼거려 보라구, 그래야 안심이 될 것 아닌가! '아!'라고만 외쳐봐. '사랑'이라든지 '비둘기'라고 말이라도 해보라구. 수다스런 비너스한테 고운 말 한마디만 던져 보란 말야. 여신의 눈먼 외아들인 저

아담 큐피드에게 별명이라도 지어 줘 보라구. 큐피드의 화살에 정통
으로 맞으므로 해서 코페튜아 왕은 거지 계집을 사랑하게 되지 않았
나! 내 말이 안 들리나? 왜 꼼짝도 하지 않는거지? 이 멍청이 같은
놈이 죽었나? 그럼 정말로 주문을 걸어야겠는데. 로잘린의 반짝이는
두 눈을 걸고, 그녀의 높은 이마와 앵두 같은 입술을 걸고 그녀의 수
려한 발과 날씬한 다리와 떨리는 허벅지를 걸고, 그리고 허벅지 근처
에 놓인 그 자리를 걸어 자네를 부르노니, 어서 우리 앞에 모습을 보
이게!

벤볼리오 자네가 한 말을 진짜로 들었다간 화를 버럭 내겠네그려.

머큐쇼 천만에, 이 정도 가지고 화나게 만들 순 없지. 만약 이렇게 하
면 화를 낼지도 모르지. 가령 그녀의 그 구멍에다 조금 이상한 자의
영혼을 불러 세운 후, 그 여자보고 주문을 외어 그것을 쓰러뜨리라고
한다면 말야. 이건 좀 유감일 테니까. 하지만 내 주문은 정당한 것일
세. 난 다만 그의 애인 이름으로 그를 불렀을 뿐이니까.

벤볼리오 자아, 로미오는 나무 속에 몸을 숨기고 이 흥겨운 밤과 어울
리고 있나 보네. 사랑에 눈먼 사람과 어둠은 잘 어울리지 않네.

머큐쇼 사랑에 눈멀었다면 사랑의 화살을 맞출 수 없을 게 아닌가. 지
금쯤 그는 비파나무 아래 앉아 자기 애인이 비파 열매 같았으면 하고
있을 테지. 처녀들은 비파나무 이름을 불러 보곤 혼자 웃는다더군.
아, 로미오! 그녀가 아, 그녀가 벌어진 비파 열매가 되고 자넨 기다
란 배였으면 하고 바랄 테지! 로미오, 그럼 안녕히. 이제 난 내 침대
로 가서 자야겠네. 이 풀밭 침대는 너무 추워서 도저히 잠을 청할 수
가 있어야지. 자, 이만 가세.

벤볼리오 그러도록 하세. 숨으려 작정한 자를 수고스럽게 찾으려는 짓
은 어리석은 행동일 테니. (퇴장)

제 2 장 캐풀렛 가의 정원

*로미오 등장.

로미오 상처의 아픔을 모르는 자는 남의 상처를 별스럽지 않게 생각하
는 법이지. (줄리엣이 윗층 창문에 나타난다) 쉿! 저기 저 창문으로 솟아
오르는 빛은? 저기가 동쪽, 그럼 줄리엣은 태양이란 말인가? 솟아
라, 아름다운 태양아! 그래서 시샘하는 저 달을 없애 버려라. 달의
시녀인 그대가 자기보다 훨씬 더 예쁘다고 시름에 잠겨 병든 달을 말
이오. 제발 달의 시녀 노릇 좀 그만두오. 달은 심술꾸러기니까. 달의
수녀복 같은 옷은 병들어 퇴색한 빛깔이니, 바보가 아니라면 입을 리
가 없지 않겠소. 그러니 당장 벗어 던져요. 아, 내 아가씨! 오, 내 사
랑! 아, 그녀도 이런 내 마음을 알아준다면! 아가씨가 입을 여네. 하
지만 아무 얘기도 않는군. 그러면 어떤가? 그녀의 눈이 말하고 있잖
은가. 대답을 해줘야지. 아니, 이런 뻔뻔스런 노릇이 어디 있담. 내게
말을 거는 것도 아닌데. 온 하늘 가운데 가장 빛나는 별 두 개가 어떤

볼일이 있어 나가면서, 그들이 돌아올 때까지 대신 반짝여 달라고 그
녀의 두눈에 애원하는구나. 만일 별들이 있는 곳에 그녀의 눈이 머물
고, 별들이 그녀의 얼굴 위에 있다면 어떨까? 그녀의 빛나는 두 뺨은
그 두 별을 햇빛 아래 있는 등잔불처럼 어색하게 만들테지. 하늘로 간
저 두 눈은 온 창공에 마음껏 빛날 테니, 밤인줄도 모르는 새들은 노
래를 불러 대겠지. 저것 봐, 손에 턱을 괴네! 아, 그녀의 손이 내 손
이라면 저 볼에 닿을 수 있으련만!

줄리엣 아아!

로미오 아니, 말을 하네. 오, 빛나는 천사여, 한 번 더 말해 보오. 오
늘 밤 내 머리 위에서 맴도는 그대는, 날개 돋은 하늘의 사자님이 유
유히 흘러가는 구름을 타고 놀라 허옇게 뒤집혀진 눈으로 공중 한복
판을 지나는 모습이구료.

줄리엣 오, 로미오, 로미오! 왜 당신은 로미오인가요! 당신의 아버지
를 잊으시고 그 이름도 버리세요! 그것이 정 싫으시다면, 저를 사랑
한다고만이라도 맹세해 주세요. 그러면 전 캐풀렛이라는 성을 버리겠
어요.

로미오 (방백으로) 좀더 듣고 있을까, 아니면 이 말에 대답해 줄까?

줄리엣 내 원수는 당신의 이름뿐이에요. 몬테규 가가 아니라 해도 당
신은 당신인걸요. 도대체 몬테규가 뭐란 말인가요? 손도 발도 팔도
얼굴도 아니고, 몸의 어떤 부분도 아니잖아요. 오, 다른 이름이 되어
주세요! 도대체 그 이름이란 게 무슨 의미가 있단 말인가요? 장미를
다른 이름으로 부른다 해도 장미는 역시 아름다운 꽃이 될거예요. 그
러니 로미오 역시 로미오라 불리지 않는다 해도, 그이는 이름과 상관
없이 지니고 있는 미덕만은 변함이 없을 거예요. 로미오, 당신의 이름
을 버리세요. 당신의 몸과는 아무 상관도 없는 그 이름대신 제 모든

것을 가지세요.

로미오 그대 말대로 당신을 맞이 하겠소. 날 사랑한다고만 말해 줘요. 그러면 다시 세례를 받아, 이제부터 로미오라는 이름은 버리겠소.

줄리엣 누구세요, 어둠을 방패삼아 남의 비밀을 엿듣는 이가?

로미오 이름으로는 내가 누군지 말할 수 없소. 성녀님, 내 이름은 당신의 불행이오니 내 자신마저도 한없이 싫어 보인다오. 그것이 종이에 적혀 있기라도 한다면 찢어서라도 날려 버릴 텐데.

줄리엣 내 귀는 당신의 말을 백 마디도 채 듣지 못했지만, 전 그 음성을 알고 있어요. 바로 몬테규 댁의 로미오 님이시죠?

로미오 당신이 증오한다면 난 그 어느 쪽도 아니오.

줄리엣 당신이 여길 어떻게, 뭣하러 오셨나요? 담은 너무 높아서 뛰어오르기도 쉽지 않았을 텐데, 당신의 가문을 생각하니 우리 식구에게 발각되기라도 한다면 이곳은 당신의 무덤이 될 거예요.

로미오 이 정도 담은 사랑의 가벼운 날개짓으로 훌쩍 뛰어넘었다오. 내 사랑엔 이 정도 돌담은 장애물이 될 수 없다오. 할 수 있는 것이라면 사랑은 무엇이든 해낸다오. 그러니 그대의 가족들도 날 막진 못해요.

줄리엣 식구들이 당신을 본다면 죽이려 들 거예요.

로미오 아아, 스무 자루나 되는 저들의 칼보다도 당신의 눈이 더 무섭구료! 당신만 다정한 눈빛을 건네 준다면 저들의 분노 따위는 걱정없소.

줄리엣 식구들한테 발각되는 날엔, 전 어떻게도 할 수 없어요.

로미오 난 밤이라는 외투를 입고 있으니, 그들의 눈에 쉽사리 발각되진 않을 거예요. 하지만 그대가 날 사랑하지 않는다면 차라리 이대로 들켜 버리고 싶소. 그대의 사랑을 얻지 못하는 세상이라면 사느니보다 저들의 증오로 내 인생을 끝마쳐 버리는 게 더 낫겠소.

줄리엣 그런데 누구의 안내로 여기까지 찾아오셨나요?

로미오 사랑의 안내지요. 처음에 찾아보라고 날 부추긴 것도 사랑이고 지혜도 사랑의 힘으로 얻었다오. 난 그저 눈만 보태준 셈이오. 난 항해사는 아니오만, 당신 같은 보배라면 바닷물에 씻겨지는 아득한 해안같이 먼 곳이라도 목숨을 걸고 찾으러 가겠소.

줄리엣 제 얼굴이 어둠의 가면으로 숨겨져 있음이 천만 다행이에요. 그렇지 않았더라면 제 뺨은 처녀의 수줍음으로 붉게 물들었을 거예요. 당신이 오늘 밤 제 말을 엿들으셨으니까요. 전 체면을 차리고도 싶고 아까 한 말을 돌이키고도 싶어요. 그렇지만 체면 같은 건 무시하고 싶어요! 당신은 절 사랑하시나요? 그렇다고 대답하실 테죠. 전 그 말을 믿겠어요. 하지만 아무리 맹세하셔도 그 맹세는 무산될지도 몰라요. 애인들의 거짓 맹세는 제우스 신도 웃어 넘긴다네요. 오, 너그러우신 로미오, 절 사랑하신다면 솔직히 그렇다고 대답해 주세요. 아니, 너무 쉽게 제 마음을 얻었다고 생각하시나요? 그렇다면 전 얼굴을 찌푸리고 투정을 부리며 당신을 거절하겠어요. 그러면 당신이 애걸하실 테죠. 만약 애걸하지 않으신다면……. 제발 그런 일은 없기를. 몬테규 님, 진실로 전 당신을 무척 좋아한답니다. 당신에게 제가 경솔한 여인으로 보일지도 모르죠. 하지만 절 믿어 주세요. 수줍은 듯이 굴면서 간사한 농간을 부리는 여자들보다 더 순수한 제 마음을 보여 드릴 테니까요. 당신이 저도 모르게 제 뜨거운 사랑의 고백을 엿듣지만 않으셨어도 전 좀더 수줍게 대할 수도 있었거든요. 그러니 절 용서해 주시고, 행여 들뜬 사랑에서 이렇게 제 마음을 수락했다고 질책하진 마세요. 밤의 어둠 때문에 발각된 사랑이니까요.

로미오 아가씨, 저기 저 신성한 달님을 두고 맹세하리다. 여기 이 과일나무의 가지를 온통 은빛으로 물들이고 있는 저 달을 두고 말이오.

줄리엣 오, 저 변덕스러운 달을 두고 맹세하진 마세요. 그 모습을 변화 시키는 게 달이 아닌가요. 당신의 사랑도 그렇게 변할까 두려워요.

로미오 그럼 무엇을 걸고 맹세하리까?

줄리엣 맹세 같은 건 아무래도 좋아요. 아니, 정녕 하시려거든 당신 마음에다 두고 하세요. 당신이야말로 제가 숭배하는 신(神)이시니 당신을 믿을 수밖에 없어요.

로미오 내 가슴에 사무치는 사랑이 만일———.

줄리엣 글쎄 맹세는 하지 마시라니까요. 오늘 밤 당신을 뵙게 된 건 기쁘지만, 이런 맹세의 기쁨은 어쩐지 너무나 성급하고 경솔하고 갑작스러워서, 마치 '저기 좀 봐'라고 말하기도 전에 사라져버리는 바람과도 같아요. 그럼 안녕히! 이 연정의 꽃망울은 여름의 무르익은 숨결로 다음에 만날 땐 예쁘게 피어 있을 거예요. 안녕히! 안녕히! 달콤한 안식이 내 가슴속에 깃들기를!

로미오 오, 이처럼 서운하게 떠나려 하오?

줄리엣 그럼 어떻게 해야 오늘 밤의 이 이별이 아쉽지 않을까요?

로미오 그대의 굳은 사랑의 맹세를 내게 주시오.

줄리엣 당신이 청하기도 전에 벌써 드렸잖아요. 다시 한 번 더 드리고야 싶지만.

로미오 아니, 맹세를 무마시키고 싶단 말이오? 그건 또 왜?

줄리엣 다만 아낌없이 한 번 더 드리고 싶어서요. 어머나, 내 애정을 내가 시샘하고 있나 봐. 제 마음은 바다처럼 넓고, 사랑 또한 그처럼 깊지요. 제가 당신께 드리면 드릴수록 제 사랑은 늘어만 간답니다. 둘 다 끝이 없으니까요. 어머, 안에서 누가 부르나 봐요. 내 사랑 안녕! (안에서 유모가 부른다) 곧 가요, 유모. 내 사랑 몬테규 님, 변치 말고 잠시만 기다려 주세요. 곧 돌아올게요.

로미오 오, 진정으로 축복받은 밤이여! 지금은 밤, 이 모두가 한낱 꿈이 아닐까. 너무나 황홀해 믿어지지가 않아.

　*위에서 줄리엣이 다시 등장.

줄리엣 세 마디만 더, 오, 나의 로미오 님, 부디 조심해서 가세요. 만일 당신의 사랑이 진실이고 결혼하실 생각이라면, 내일 사람을 보낼 테니 언제 어디서 식을 올리려는지 알려 주세요. 그리하면 내 모든 사랑이 당신의 발 아래 맡겨질거고, 저의 전부인 당신을 이 세상 어디까지라도 따라가겠어요.

유 모 (안에서) 아가씨!

줄리엣 곧 갈께! 하지만 진심이 아니라면, 제발——.

유 모 (안에서) 아가씨!

줄리엣 간다니까. 이 얘기는 여기서 그만두도록 해요. 저 혼자만의 아픔으로 충분하니까요. 아무튼 내일 사람을 보내겠어요.

로미오 천지신명께 맹세——.

줄리엣 그럼 천 번이고 안녕히! (들어간다)

로미오 당신의 빛을 잃으니, 천 배나 더 흥이 깨지는군! 사랑하는 사람의 마음은 학교를 파한 소년의 마음 같으나, 이별하는 사랑의 마음은 침통한 얼굴로 등교하는 마음같구나.

　*위에서 다시 줄리엣이 등장.

줄리엣 쉿! 로미오, 조용히! 아, 매 사냥꾼의 음성으로 다시금 저 숫매를 불러들일 수 있다면! 갇혀 있으니 소리쳐 부를 수도 없고, 그렇지만 않다면 메아리 여신이 사는 동굴을 뚫어 놓고 허공에 울려 퍼지는 산울림이 내 목소리보다 더 쉴 때까지 로미오 님의 이름을 쉬지 않고 불러 보련만. 로미오!

로미오 내 영혼인 그녀가 내 이름을 부르는구나. 밤에 들리는 애인의 목소린 마치 옥구슬 구르듯 곱기만 하군! 조용히 음미하니 마치 잔잔

한 음악 같아.

줄리엣 로미오!

로미오 왜 그러오?

줄리엣 내일 사람을 몇 시쯤에 보내면 좋을까요?

로미오 아홉 시경에 보내 주오.

줄리엣 잊지 않겠어요. 그때까지 20년은 족히 남은 것 같군요. 참, 당신을 다시 부른 까닭을 잊어버렸어요.

로미오 기억해 낼 때까지 여기 서 있겠소.

줄리엣 당신이 거기 계속 서 계신다면 생각해 내지 않을래요. 당신 곁에 있어 너무나도 기쁘다는 것만 생각하면서 말예요.

로미오 그럼 그대가 그냥 잊고 있도록 나도 여기 이외의 다른 곳은 다 잊고 이대로 서 있겠소.

줄리엣 이런, 벌써 날이 밝아 오네! 일찍이 당신을 보내 드렸어야 하는 건데——하지만 장난꾸러기 소녀의 새보다 더 멀리 보내 드릴 순 없어요. 소녀는 손에서 새를 좀 늦추어 놓았다가 너무나도 새를 사랑하는 나머지 새의 자유가 샘이 나서, 마치 사슬에 매인 불쌍한 죄수처럼 비단 실로 다시 잡아당긴다지요.

로미오 내가 당신의 그 새였으면.

줄리엣 저도 그래요, 내 사랑. 하지만 전 당신을 너무 사랑하다가 죽일지도 몰라요. 안녕히! 안녕히! 떠나 보내기가 너무나 가슴 아프니, 날이 샐 때까지 계속 안녕이라고 말하고 있을래요. (퇴장)

로미오 그대의 두 눈엔 잠이, 가슴엔 평온이 함께 하기를! 내가 그 잠이 되고 평온이 되어 고요히 그대 위에 함께 할 수 있다면! 이 길로 신부님이 계신 어둠침침한 방으로 가서 부탁을 드리고 내 사랑도 말씀드려야지. (퇴장)

제 3 장   로렌스 신부의 방

*로렌스 신부 혼자서 바구니를 들고 등장.

신 부   회색 눈동자의 아침이 얼룩진 밤에게 미소를 던지고, 동녘 구름에다 빛줄기로 고랑을 일구고,   얼룩진 어둠은 태양신의 수레바퀴로 난 태양의 길목에서 술주정뱅이처럼 비틀거리며 사라지누나. 이제 태양이 정열의 눈빛으로 낮에게 생명을 심어 넣어 축축한 밤이슬을 말리기 전에, 독초랑 귀한 약물이 나오는 꽃들을 모아다 이 버들가지 바구니에 담뿍 담아야지. 자연의 어머니인 대지는 자연의 무덤인 동시에 자연의 모태이기도 해. 그 모태에서 가지각색의 자식들이 태어나 대지의 포근한 품안에서 젖을 빨고 있지. 월등한 효력을 지닌 것들이 많이 있을 뿐더러, 조금이라도 효력이 없는 것은 없고, 더욱이 효력들은 천차만별이거든. 아, 초목이나 돌, 어느 하나 가릴 것 없이 그 본질 속에는 어떤 효능이 있어 아무리 하찮은 것일지라도 세상에 특별한 효험을 주고, 또한 아무리 좋은 것이라 해도 잘못 사용하면 본성

을 어기게 되어 악용의 해를 면치 못하게 마련이지. 덕도 정도가 넘치
면 악이 되고, 악이라도 활용하는 데 따라 이득이 될 수 있거든. 이
가련한 꽃망울 속에는 독도 들어 있고 약효도 들어 있지. 향기를 맡으
면 신체 각부위가 상쾌해지나, 입에 넣어 보면 심장과 함께 모든 감각
이 정지되어 버리거든. 어디 초목뿐이랴, 인간의 내부에는 늘 두 왕이
진을 치고 있어, 악(惡)이 흥하면 인간이라는 수목은 죽음이라는 벌
레에게 당장 잡아먹혀 버리는 법이야.

*로미오 등장.

로미오 안녕히 주무셨어요, 신부님!

신 부 축복 있으라! 이리도 일찍이 나를 찾아 주는 이가 누군가?
아, 너로구나. 이토록 일찍 잠자리를 떨치고 일어나다니, 무슨 걱정
거리가 있나 보구나. 늙은이들의 눈은 근심 때문에 감겨질 수 없고,
근심이 있는 곳엔 잠이 없을 수밖에. 하지만 근심 걱정이 없는 젊은이
가 몸을 누이는 곳에선 황금 같은 잠이 지배하게 마련이야. 그러니 네
가 이렇게 일찍 온 건 마음속에 근심이 있는 게 분명해. 그것도 아니
라면, 어디 맞춰 볼까──우리 로미오가 밤새 한잠도 안 잔 게지.

로미오 네, 자지 않았어요──잠보다 더 달콤한 안식을 취했지요.

신 부 하느님 맙소사! 그럼 로잘린과 함께 있었단 말이냐?

로미오 로잘린이라뇨? 천만에요. 신부님, 전 그 이름과 그 이름이 준
아픔을 함께 장사지냈지요.

신 부 오, 그래야지! 헌데 그럼 어디 있었단 말이냐?

로미오 더 이상 물으시기 전에 다 말씀드릴께요. 실은 원수네 집 연
회에 갔었는데, 갑자기 제게 상처를 입힌 자가 있었고 그쪽도 저로 인
해 상처를 입었습니다. 그런데 우리 두 사람의 치유는 신부님의 도움
과 성스러운 치료 여하에 달려 있습니다. 신부님, 제겐 아무런 증오도

없습니다. 이상하게도 저의 애원은 원수 편에도 약이 되니까요.

신 부 얘야 솔직하고 이해하기 쉽게 말해 보렴. 그렇게 막연한 고해는 막연한 용서밖에 얻을 수 없단다.

로미오 그럼 솔직이 고백하지요. 사실은 캐풀렛 갑부의 아름다운 딸을 사랑하게 되었습니다. 제가 그녀를 사랑하듯이, 그녀 또한 저를 사랑하고 있습니다. 온전한 인연이 맺어졌으니, 남은 일은 이제 신부님께서 저희 두 사람을 신성한 결혼이 되도록 이끌어 주시는 일뿐입니다. 저희가 언제, 어디서 그리고 어떻게 만나 사랑을 속삭이고 서로 맹세를 주고받았는지는 가면서 말씀드리겠습니다만, 부디 오늘 저희가 결혼식을 올리게 해주세요.

신 부 오, 프란시스 성자님! 이게 웬 변이람! 그토록 애타게 연모하던 로잘린을 어찌 이리도 쉽게 잊을 수 있단 말이냐? 젊은이들의 사랑은 진실한 마음속에 있지 않고 오로지 눈 속에 있단 말이지. 오, 예수님, 오 마리아여! 로잘린 때문에 수없이 많은 날을 눈물로 그 볼이 마를날이 있었더냐! 맛도 나지 않는 사랑에다 간을 맞추려고 그 짜디짠 눈물을 얼마나 헛되이 쏟았더냐! 태양은 아직도 네 한숨을 하늘에서 걷어 가지 않았고, 예전에 네가 짖던 한숨 소리가 지금도 내 귓가엔 쟁쟁한데. 저것 봐, 네 볼엔 예전의 눈물 자국이 아직도 마르지도 않은 채 남아 있잖느냐. 네 자신에 변함이 없고, 이 슬픔도 네 것이라면 너와 네 슬픔은 모두 로잘린 때문이어야 할 텐데. 그렇다면 넌 변했단 말이냐? 그럼 이 격언을 외 봐라——사내들도 믿지 못할 세상인데, 여인네들이라고 흔들리지 말란 법이 있나.

로미오 신부님께선 제가 로잘린을 사랑한다고 늘상 꾸짖지 않으셨습니까?

신 부 사랑이 나쁘다는 게 아니라 사랑에서 헤어나지 못하니 꾸짖었지, 얘야.

로미오 또 사랑을 파문으로라고도 말씀하셨잖아요.

신 부 하나를 묻어 두고 다른 걸 파헤치는 무덤이라고는 하지 않았다.

로미오 제발 꾸짖지 마세요. 제가 지금 사랑하는 여자는 정은 정으로 보답할 줄 알고 사랑에는 사랑을 베풀 줄 아는 여자예요. 하지만 로잘린은 그렇지 못했어요.

신 부 오, 로잘린이 잘 보았어. 네 녀석의 사랑은 단물 빨기식이지 골자는 모르는 사랑이란 걸 말야. 어쨌든 함께 가자꾸나, 이 몹쓸 친구야. 한 가지 점에서 난 널 도와 줄 수가 있지. 그건 너희의 하나됨이 요행히 두 집안의 해묵은 감정을 진정한 애정으로 탈바꿈 시킬지도 모르기 때문이야.

로미오 오, 어서 가십시다! 무척 급합니다.

신 부 신중하게, 그리고 천천히 하렴. 급히 달리면 넘어지게 마련이야. (퇴장)

제 4 장 거 리

*벤볼리오와 머큐쇼 등장.

머큐쇼 도대체 로미오는 어디 있담? 지난 밤엔 집에 들어오지도 않았지?

벤볼리오 부친 집으론 안 돌아왔다네. 내 그 집 하인에게 물어 보았지.

머큐쇼 글쎄, 고 파리하고 몰인정한 계집 로잘린이 하도 애태우는 바람에 미쳐 버리지나 않았는지.

벤볼리오 캐풀렛 영감의 친척인 티볼트가 로미오의 아버님 댁으로 편지를 보냈다네.

머큐쇼 분명 그 편지는 도전장일 테지.

벤볼리오 필경 로미오는 응할 테고.

머큐쇼 글을 아는 사람이니, 편지 답장을 보내야 하고 말고.

벤볼리오 그게 아니라 결투 신청을 받은 이상 로미오가 응전의 답장을 보낼 거란 말일세.

머큐쇼 아, 불쌍한 로미오, 그는 이미 죽은 거나 진배없어! 뽀얀 계집의 까만 눈동자에 찔리고, 귀는 사랑의 노랫가락에 뚫리고, 심장 한가운데는 눈먼 큐피드의 화살이 꽂혀 있지. 그러니 그가 티볼트와 대결할 수 있겠나?

벤볼리오 그래, 티볼트는 어떤 자야?

머큐쇼 고양이들의 임금보다 한술 더 뜨는 놈이지. 오, 그녀석은 예의 범절에 있어서는 제법 대장 같아 보이지. 그 녀석은 자네가 찌르기 연습을 할 때 구령을 부르듯이 싸움을 한다네——시간, 거리 그리고 박자를 맞춰서 잠깐 쉬자마자 하나, 둘, 셋 하면 상대의 가슴팍이라는 거야. 바로 비단 단추를 단 백정놈에다 칼잡이 중의 칼잡이지! 뼈대 있는 가문의 후손인지라 격투에도 일일이 형식을 따지는 녀석이지. 아, 천하무쌍의 앞 찌르기, 뒤 찌르기, 급소 찌르기!

벤볼리오 뭐가 어째?

머큐쇼 쓸데없는 멍청한 소리나 해대며 잘난 체하는 망할 녀석들, 저 신식 말이나 주워대는 녀석들 말야! '어쭈, 대단히 훌륭한 칼 솜씨야! 상당한데 그래! 아주 근사한 똥갈보로구만!'이라나. 허 참, 우리가 저런 괴상한 파리 새끼들한테 수모를 당하다니 말이야. 그저 유행만 쫓는 것들, 형식만 갖추려 드는 것들. 하도 신식만 따르다 보니 헌 의자에는 뼈가 아파 편히 앉을 수도 없다나! 저런 고얀 놈들, 에라 이놈들아!

　*로미오 등장.

벤볼리오 어, 마침 로미오가 오네! 로미오라구!

머큐쇼 꼭 곤이 빠진 건청어 같군 그래. 저 허탈한 모습 좀 봐. 산송장이나 다름없구만! 이제 저 친구도 페트라르카 같은 노래를 부른다나. 페트라르카의 애인 로라도 저 친구 애인에다 대면 빛을 보

지 못한다지——하기야 로라의 애인은 로미오보다 노래가 높은 솜씨
였지——그것만이 아니야. 저 친구 애인에다 대면, 디도(끼스신화에서, 카트 타고를건살한여왕)
도 추녀요, 클레오파트라는 깜둥이 계집이고, 헬레네와 히어로우도
천박한 창부며, 회색 눈동자인지 뭔지를 가진 시스비 또한 명함도 못
내민다는 거야. 로미오, 봉주르! 자네 바지는 불란서 식 나팔바지니
인사도 불란서 말로 해야 어울리겠지. 그건 그렇고, 자넨 지난 밤에
잘도 우릴 골탕먹였네그려.

로미오 어이, 모두 잘 쉬었나. 헌데 무슨 골탕을 먹었다는 건가?

머큐쇼 얼씨구, 잊어버렸군 이 사람. 생각이 나지 않나?

로미오 미안하네, 머큐쇼. 매우 중대한 일이 있었다네. 나 같은 일을
당하면 잊어버릴 수도 있잖나.

머큐쇼 그럼 자네 같은 경우에는 엉덩이까지 머리를 숙이라는 격이로
군 그래.

로미오 그건 절하는 것 아닌가?

머큐쇼 바로 맞추었네그려.

로미오 가장 올바른 이해로군.

머큐쇼 글쎄, 난 예의범절의 정화(精華)가 아닌가 말야.

로미오 꽃의 정화란 말인가?

머큐쇼 그래 맞았어.

로미오 글쎄, 내 신발에도 멋진 꽃무늬가 박혀 있는걸.

머큐쇼 말 잘했네그려! 그럼 자네 신발이 닳아서 떨어질 때까지 이런
농담으로 날 따라 볼 텐가. 한 꺼풀 남은 신바닥까지 다 닳아 없어진
다 해도, 농담만은 보기 좋게 남아 있겠지.

로미오 오, 마지막 한 꺼풀마저 닳아 버린 신바닥에 하나밖에 남지 않
은 농담이라니, 거 볼만 하겠는데!

머큐쇼 좀 도와 주게, 벤볼리오. 내 기지(機智)는 기진맥진해 버렸네.

로미오 막 두들겨 패고 걷어차게! 두들겨 패고 걷어차라니까! 아니면 결판이 났다고 소릴 질러 댈까?

머큐쇼 글쎄, 난 그 바보 기러기 같은 기지에는 두 손 들었네. 자넨 바보 기러기 같은 재주를 확실히 나보다 다섯 배나 더 가지고 있잖나. 그 바보 기러기 따위 땜에 내가 자네와 맞설 이유는 없잖겠나?

로미오 언제는 그 바보 기러기가 아니었나?

머큐쇼 또다시 허튼 농담을 하면 그땐 자네 귀를 깨물어 버리겠네.

로미오 착한 기러기님, 제발 깨물지는 마오!

머큐쇼 기지치곤 참 씁쓸하고도 달콤해. 제법 톡 쏘는 양념일세.

로미오 그럼, 맛있는 기러기 요리엔 딱 좋은 양념이잖나?

머큐쇼 오, 양피(羊皮) 같은 지혜를 지녔군. 한 치를 한 자로 늘이다니!

로미오 좀더 늘여 볼까? 글쎄 기러기라니까. 뭐라 해도 자넨 영락없는 멍텅구리란 말이야.

머큐쇼 어때, 사랑 때문에 애태우는 것보단 이게 더 낫지 않나? 이제야 좀 명랑해지고, 본래의 로미오가 된 것 같군. 이제야말로 어느 모로 보나 자네야. 사랑에 갈갈거리면서 구멍에다 작대기를 숨기려고 축 늘어져 오르락내리락 뛰어다니는 놈이야말로 천치 바보지 뭐야.

벤볼리오 이제 그만두게, 그만둬!

머큐쇼 다 끝내지도 않고 도중에 관두란 말인가?

벤볼리오 이대로 가다간 끝이 없겠는걸.

머큐쇼 잘못 생각했네그려! 난 짧게 끝내려는데. 사실은 내 얘기도 바닥이 드러나 이젠 더 늘어놓을 생각이 아니었다구.

로미오 저기 근사한 게 오는군!

　*유모와 하인 피터가 등장.

머큐쇼 배다, 배야!

벤볼리오 두 척이다, 두 척! 바지와 긴 치마야.

유 모 피터!

피 터 예.

유 모 내 부채를 다오, 피터.

머큐쇼 얘 피터야, 어서 드려라, 그 얼굴을 보는 것보다는 부채를 보
는 것이 더 낳을 테니 말야.

유 모 안녕하시오, 신사 양반들.

머큐쇼 저녁은 드셨는지요, 마님.

유 모 벌써 저녁때가 됐수?

머큐쇼 벌써라니요. 저 해시계의 음흉한 손목이 지금 정오의 고점을
누르고 있지 않소.

유 모 별 요상한 사람 다 보겠네! 대체 무슨 남자가 이 모양이람!

로미오 마님, 저 사람은 제 자신을 괴롭히려고 태어난 사람이지요.

유 모 옳지, 거 참 말 잘했소. '제 자신을 괴롭힌다'라고 말했나요?
그런데 신사 양반들, 어디 가면 로미오 도령을 만날 수 있겠수?

로미오 그 사람이면 내가 알고 있습죠. 하지만 로미오 도령을 대면하
고 보면 처음 찾던 때보다는 더 늙어 보일걸요. 그 이름으론 내가 가
장 젊죠. 못났긴 하지만서두.

유 모 젊은인 말을 참 잘하는구료.

머큐쇼 어, 못났다는데 말을 잘한다구? 참 잘 받아들이시네. 약삭빠
르군, 약삭빨라.

유 모 댁이 로미오 도령이라면 내 긴히 전할 얘기가 있다우.

벤볼리오 만찬에 초대하려나 본데.

머큐쇼 저기, 저기, 저걸 좀 봐. 오, 저런.

로미오 뭘 보았나?

머큐쇼 보통 토끼는 아닐세. 파이에 쓸 토끼도 아니고, 쓰기도 전에 썩고 허옇게 쉬어 빠지는 갈보 토끼라네. (머큐쇼가 그들 곁을 걸어가며 노래한다)

　　　늙고 쉬어 빠진 갈보 토끼,

　　　늙고 쉬어 빠진 갈보 토끼,

　　　사순절에 쓰기엔 썩 좋은 고기지.

　　　하지만 쉬어 빠진 갈보 토끼는

　　　값을 셈하기엔 아까와.

　　　쓰기도 전에 쉬어 빠진걸.

　　　로미오, 자네 아버님 집으로 올 텐가? 거기서 같이 식사하세.

로미오 곧 뒤따라감세.

머큐쇼 그럼 안녕히 가시지요, 노마님. 안녕히! (노래하듯이) 마님, 마님, 마님. (머큐쇼와 벤볼리오 퇴장)

유 모 아이구, 제발 빨리 가 버려요. 젊은이, 저 뻔뻔스러운 양반이 대체 누구요? 횡설수설 잘도 엮어 대는군 그래.

로미오 그는 혼자 떠들고 좋아서 듣는 자라구요. 한 달 걸려 못다 할 얘기도 일분 만에 가뿐히 해치워 버리죠.

유 모 내게 덤비기만 해보라지. 가만두지 않을 테니. 내가 저자보단 힘이 더 셀걸. 저런 녀석이라면 스무 명이라도 상대해 주지. 내가 못하면 상대할 사람을 찾아서라도 말야. 버릇없는 놈 같으니! 날 제 깐놈의 장난감으로 아나 봐. 날 백정놈의 짝꿍쯤으로 여기나 보군. 그런데 넌 어쩌자구 멍청히 서서 구경만 하는 거냐? 녀석들이 날 맘대로 조롱하는데도!

피 터 마님이 사내들한테 조롱을 당하다니요? 전 보지도 못했는뎁쇼. 그런 걸 보았더라면 재빨리 칼을 뽑았습죠. 암요, 그렇구말구요. 재빨리 칼을 뽑는 데는 남 못지않거든요. 싸울 만한 이유가 있고 내 쪽이 정당하기만 하면요.

유 모 하느님 맙소사, 어찌나 원통한지 온몸이 부들부들 떨리네. 무례한 놈 같으니! 그런데 신사양반, 좀 전에도 얘기했다시피 우리 아가씨가 댁을 찾아보라고 했다오. 아가씨가 전하라고 한 건 비밀을 지킬 것이오만, 먼저 댁한테 얘기 좀 해야겠수. 만일 댁이 우리 아가씨를 바보나 가는 천당으로 꾀어 간다면, 모르는 사람이 없다시피 그건 매우 몹쓸 일이지요. 젊은 아가씨를 희롱하는 건 정말 몹쓸 짓이죠, 못된 행패라구요.

로미오 유모, 아가씨께 전해 주시오. 내 유모 앞에 맹세하리다. 저——.

유 모 아이구, 착하기도 하셔라, 내 꼭 아가씨에게 그대로 전하리다. 아아! 아가씨가 얼마나 기뻐하실까.

로미오 아가씨에게 무얼 전하겠다는 거요, 유모? 내 얘긴 끝까지 듣지도 않았으면서.

유 모 이렇게 전하면 되지요. 댁이 맹세한 걸 들어 보니 매우 진실된 맹세더라구 말이우.

로미오 아가씨에게 오늘 오후 무슨 수를 써서라도 고해하러 나오라고 해요. 그러면 로렌스 신부님의 방에서 고해를 한 후 결혼식을 올릴 거라구. 그리고 이건 수고한 대가요.

유 모 아이쿠, 무슨 말씀이슈, 신사 양반. 한 푼도 받을 수 없어요.

로미오 어서요! 받아 둬요.

유 모 오늘 오후라구요? 그럼, 우리 아가씨께 그렇게 전하지요.

로미오 그리고 유모는 성당 담 뒤에서 기다려 줘요. 조금 있다 내 하인이 유모에게 줄사다리를 가지고 갈 거요. 그건 은밀한 밤에, 날 최상의 행복으로 올려다 줄 내 사절이지요. 잘 가시오. 꼭 부탁하오. 은혜는 갚으리다. 잘 가시오. 아가씨에게 안부 전해 주오.

유 모 주님의 은총이 함께 하시길! 그런데, 신사 양반.

로미오 왜 그러오, 유모?

유 모 댁의 하인은 믿을 만한 사람인가요? 속담에도 있듯이, 듣는 사람만 없다면 두 사람끼리는 비밀을 지킬 수 있다잖아요.

로미오 내 하인은 강철같이 믿음직하니 염려할 것 없어요.

유 모 글쎄, 신사 양반, 우리 아가씨처럼 귀여운 아가씨도 없다우. 아아! 고 어린 것이 재잘거리던 때가 엊그제 같건만——아, 지금도 시내의 파리스 백작이라는 귀족분이 아가씨에게 홀딱 반해 있지만, 가엾게도 아가씨께선 그분을 보느니 차라리 두꺼비를 보는 편이 낫다고 하잖아요, 세상에. 가끔씩 난 아가씨의 노여움을 사면서까지 파리스 백작이 미남이 아니냐고 말씀드리지요. 하지만 그렇게 말하면 아가씨는 흰 헝겊 조각처럼 안색이 핼쑥하게 변한다오. 헌데, 로즈메리와 로미오는 서로 같은 글자로 시작하지 않나요?

로미오 그래요. 근데 그건 왜 묻지요? 둘 다 '아아르(R)'자로 시작하죠.

유 모 아이, 농담도! 그건 개 이름자인데. '아아르'자는 저——아니, 좀더 다른 철자로 시작할 텐데. 나도 제법 아니까. 그건 그렇고, 아가씨는 댁의 이름자와 로즈메리를 갖고 참으로 훌륭한 글귀를 지었지요. 그건 댁도 들으시면 좋아하실 거야.

로미오 그럼, 아가씨께 안부나 전해 주오.

유 모 그럼요, 몇 번이고 전해 드리죠. (로미오 퇴장) 피터!

피 터 예!

유 모 피터, 내 부채를 들고 앞장 서라, 서두르자꾸나. (퇴장)

제 5 장 캐풀렛 가의 정원

*줄리엣 등장.

줄리엣 아홉 번의 종이 울릴 때 유모를 보냈는데, 반 시간이면 꼭 돌아오마고 했는데. 그이를 만나지 못했나 봐. 그럴 리가 없어. 오, 이 절름발이 유모 같으니! 역시 사랑의 심부름꾼은 사랑의 화살이어야만 해. 화살은 햇빛보다도 열 배나 빨리 가서 산 위의 어두운 그늘도 몰아내거든. 그러기에 사랑의 수레는 재빠른 날개를 가진 비둘기가 끌고, 바람처럼 재빠른 큐피드는 날개를 가진 게지. 이제 해도 하룻길 맨 꼭대기에 올라 있고 아홉 시부터 열두 시까지면 세 시간이나 지났건만 여지껏 오질 않다니. 유모도 뜨거운 정열과 젊은 혈기를 가졌다면 공처럼 재빨리 왔다갔다해서, 내 말은 사랑하는 그이에게, 그이 말은 내게로 날듯이 빨리 전해 주었을 텐데. 하지만 늙은이들이란 대부분 송장 같단 말야——다루기 힘들고, 무감각하고, 무겁고, 납처럼 창백하거든. (유모와 피터 등장) 어머나, 유모가 오네! 오, 사랑하는 유모, 어떤 소식을 가져왔지? 그이를 만났나? 하인은 좀 나가 있으라고 해요.

유 모 피터, 문간에서 좀 기다리거라. (피터 퇴장)

줄리엣 자, 착하고 상냥한 유모——아, 왜 그리 슬픈 표정을 짓고 있지? 행여나 나쁜 소식이라 해도 즐겁게 얘기해 줘요. 그처럼 뾰로통한 표정으로 얘기해서야 음악같이 달콤한 소식도 망쳐 버리겠어.

유 모 아유 피곤해. 숨 좀 돌리고요. 에잇, 왜 이리 뼈가 쑤신담! 어찌나 뛰어다녔던지!

줄리엣 차라리 유모가 내 뼈를 갖고, 내가 유모의 소식을 가졌더라면, 아니야, 자, 얼른 얘기해 줘요. 착한 유모, 얼른.

유 모 아따 급하기는! 잠시도 기다릴 수가 없단 말이우? 이렇게 숨 가쁜 게 보이지도 않우?

줄리엣 숨차다고 얘기할 숨이 있는데, 뭐가 숨이 차다는 거야? 늦은 변명하는 시간이 소식 전하는 시간보다 더 기네. 좋은 소식이야, 나쁜 소식이야? 그것만 대답해. 어느 쪽인지만 말해 보라구. 그럼 세세한 얘기는 천천히 들을 테니. 어서 속 시원히 대답해 보라니까. 좋은 소식? 나쁜 소식?

유 모 참, 아가씨도. 어쩜 그런 바보 같은 상대를 골랐지. 아가씬 사내를 고를 줄 모른다니까요. 로미오라구요? 안 돼요, 안 되고 말고. 비록 그 양반 얼굴이 누구에게도 빠지지 않고 잘난 데다, 체격도 멋지고, 손발 역시 두말 할 나위 없지만 말예요. 예의범절의 본보기라곤 얘기할 수 없어도 양처럼 순하다는 것만은 인정하지요. 어서 가서 하느님께 정성이나 들여요. 참, 점심은 드셨수?

줄리엣 아니, 그건 그렇고 그 정도 얘기라면 나도 다 알고 있다구. 그래 우리의 결혼에 대해선 뭐라 말했지?

유 모 아이구, 골치야! 골이 쑤시는군! 마치 조각조각 갈라질듯이 아프구만. 거기다 이쪽 허리도——아이구, 허리야, 허리야! 제기, 아가씨 심부름 하느라 이리저리 뛰어다니다가 사람 죽게 생겼네!

줄리엣 몸이 불편하다니 정말 미안해. 착하고 상냥스럽기 그지없는 유모, 어서 얘기해 줘요. 그이가 뭐라던가?

유 모 아가씨 애인은 점잖은 신사처럼 얘기하더군요. 예의 바르고 친절한 데다 잘생기고, 게다가 정말이지 순결한 양반같이 얘기하더라구요——그런데 마님은 어디 계시우?

줄리엣 어머니? 그야 물론 안에 계시겠지. 다른 곳에 계실리가 없잖아. 정말이지 너무 이상스럽게 대답하네! '아가씨 애인은 점잖은 신사처럼 얘기하더군요. 그런데 마님은 어디 계시우'라니.

유 모 아이구, 성모님! 그렇게도 애가 타나요, 아가씨? 으음, 그렇지. 이게 내 뼈 쑤시는 데 대한 대가인가? 이제부터 아가씨 일엔 관여하지 않겠어요.

줄리엣 이젠 그만 좀 해둬. 그래 로미오 님이 뭐라셔?

유 모 오늘 성당에 고해하러 갈 승낙은 얻었수.

줄리엣 응, 얻어 두었어.

유 모 그럼, 어서 로렌스 신부님의 방으로 가요. 거기 가면 아가씨를 부인으로 맞이할 낭군이 기다리고 계실 테니. 이제야 두 볼에 혈기가 도는군. 무슨 말만 들어도 금새 빨개지거든. 성당에 가게 어서 서둘러요, 난 줄사다리를 가지러 갈 테니. 밤이 되면 곧 아가씨의 낭군이 그 줄사다리를 타고 보금자리로 올라와야 하니까요. 난 아가씰 기쁘게 해주려고 보람도 없는 희생만 하네. 하지만 아가씨도 오늘 밤 당장 짐을 꾸리게 될 거라구요. 어서 가요. 난 뭘 좀 먹으러 갈 테니. 어서 신부님이 계시는 성당으로 가라니까요.

줄리엣 행복을 얻으려면 서둘러야 되겠지! 착한 유모, 안녕. (퇴장)

제 6 장   로렌스 신부의 방

*로렌스 신부와 로미오 등장.

신 부 하느님, 이 거룩한 일에 은총을 베푸시와, 훗날 아픔으로 저희를 벌하지 마옵시길!

로미오 아멘, 아멘! 하지만 어떤 아픔이 다가와도 그녀를 본 순간 제가 느낀 희열을 앗아 갈 정도는 못 될 겁니다. 신부님께서는 신성한 말씀으로 저희를 맺어만 주십시오. 그 다음이라면 사랑을 잡아먹는 죽음더러 맘대로 하라지요——단지 그녀를 제 것이라 부를 수 있는 것만으로도 만족하니까요.

신 부 그렇듯 격렬한 기쁨은 격렬한 종말을 맞게 되는 법이지. 불과 화약이 서로 닿아 폭발하듯이 승리의 기쁨을 느끼는 순간 물거품이 돼 버리는 거란다. 가장 달콤한 꿀도 맛본 순간 그 달콤함 때문에 싫증이 나고 식욕을 잃을 수도 있거든. 그러니 사랑도 적당히 해야 해. 영원한 사랑이란 그런 게야. 너무 서두르면 굼벵이처럼 느린 것보다

오히려 늦게 마련이지. (줄리엣 등장) 저기 아가씨가 오는구나. 오, 저리도 가뿐한 발걸음이면 딱딱한 돌도 영원히 닳지 않겠군. 연인은 여름 바람에 흔들리는 거미줄 위로도 떨어지지 않고 걸어다닌다지. 그처럼 사랑의 기쁨은 가벼운 것이지.

줄리엣 안녕하세요, 신부님.

신 부 로미오가 우리 둘의 인사말을 다할 거야.

줄리엣 로미오 님에게도 인사를 드려야지요. 안 그러면 답례를 받기가 매우 미안해서.

로미오 아, 줄리엣, 당신의 기쁨이 내 기쁨처럼 충만하고, 그 기쁨을 더 훌륭한 솜씨로 그려낼 수 있다면, 주위의 공기를 당신의 기쁨으로 향기롭게 해봐요. 그리고 이렇게 소중하게 만나 주고받는 꿈 같은 행복을 음악처럼 풍요롭게 말해 주오.

줄리엣 마음은 말보다 내용이 더 충실하니 겉치레보다는 실속이 우선이지요. 그 가치를 따져 보는 건 아무런 도움도 되지 않아요. 내 진실한 사랑은 너무도 커서 그 절반도 헤아릴 수 없답니다.

신 부 자, 나를 따라오너라. 어서 일을 끝내자꾸나. 안 된 말이다마는 주님이 너희를 하나로 결합시켜 주시기 전까진. 둘을 함께 놔둘 수가 없구나. (퇴장)

제 3 막

제1장 광 장

*머큐쇼, 벤볼리오 그리고 하인이 등장.

벤볼리오 여보게 머큐쇼, 이제 그만 들어가세. 무더운 날씨에, 캐퓰렛 족속들이 나다니니, 마주쳤다 하면 싸움은 불을 보듯 뻔한 것. 이렇게 무더운 날엔 피도 미친 듯이 끓어오른다니까.

머큐쇼 술집에 들어가서 칼을 탁자 위에 내던지고는 '너 같은 건 필요 없어!'라고 내뱉고, 두 번째 잔이 돌자마자 실없이 술집 급사에게 칼을 휘두르는 자들이 있다더니 자네가 바로 그 꼴이군 그래.

벤볼리오 아니, 날 그따위 녀석들과 비교한단 말인가.

머큐쇼 진정하라구, 진정해. 화를 잘 내기로는 이탈리아에서 자넬 따를 자가 없을 걸세. 금세 발끈하여 흥분하는가 하면 또 금세 토라져서 성을 내곤 하거든.

벤볼리오 그게 뭐가 어떻단 말인가?

머큐쇼 글쎄, 자네 같은 사람이 둘만 있다면, 우린 곧 둘 다 못 보게 될 거야. 서로 죽여 버릴 테니 말일세. 자넨 말야! 자네보다 턱수염이 한 올 더 났다든가 혹은 덜 났다는 이유만으로 다른 사람한테 시비를 걸 거야. 자넨, 자네 눈빛이 호두빛이라는 이유를 들어 호두 까는 사람한테 시비를 걸 거란 말일세. 자네 같은 눈이 아니고서야 어떤 눈이 그따위 시비거리를 찾아내겠나? 자네 머리는 달걀 속이 알맹이로 꽉 차 있듯이 싸움거리로만 가득 차 있단 말이야. 더군다나 자네 머리는 곯은 달걀 속처럼 싸움질로 곯아져 있다네. 언젠가는 길거리에서 누가 재채기를 하는 바람에 양지 쪽에서 졸고 있던 자네 개를 깨웠다는 이유로 싸우지 않았나. 게다가 부활절도 되기 전에 재봉사가 새 윗도리를 해 입었다고 다뤘잖아? 누군가하곤 헌 끈을 새 신발에다 맸다고 싸웠고 말일세. 그런 자네가 나더러 싸우지 말라고 충고하다니!

벤볼리오 내가 자네처럼 쉽사리 싸움에 말려든다면 내 생명은 통틀어서 한 시간 십오 분어치도 안 될 걸세.

머큐쇼 통틀어서라고! 허, 기가 막혀서!

　*티볼트와 다른 사람들이 등장.

벤볼리오 저기 진짜 캐풀렛 족속들이 오네.

머큐쇼 쳇, 올 테면 오라지 뭐.

티볼트 내 뒤를 바짝 따라와. 저들에게 말을 붙여 볼 테니. 신사 양반들, 안녕하슈. 당신들 중 누군가와 몇 마디 나누고 싶소.

머큐쇼 아니, 당신들 중 누군가와 몇 마디 나누고 싶다고? 말에 짝을 좀 채워 보시지 그래. 한마디에 한바탕이라고 하면 어때?

티볼트 그쪽에서 기회만 준다면 얼마든지 응할 수 있지.

머큐쇼 그런 기회를 주진 않고 받기만 할 텐가?

티볼트 머큐쇼, 넌 로미오와 몰려다니지?

머큐쇼 몰려다니다니? 아니, 우리가 떠돌이 딴따라 패인 줄 알아? 네가 우릴 떠돌이 딴따라 패로 여긴다 해도, 와서 들을 건 시끄러운 소리밖에 없을걸. 자, 여기 깡깡이 활이 있다. 어디 춤이라도 춰 보시지. 뭐, 몰려다닌다고!

벤볼리오 여긴 사람들이 많이 다니는 한길이야. 어디 한적한 곳으로 가 서로의 불만을 조용히 따져 보든지, 아니면 이대로 헤어지거나. 여긴 보는 눈들이 너무 많아.

머큐쇼 보라고 있는 게 눈 아닌가. 그러니 맘대로 보라지. 남의 눈 의식해서 움직일 내가 아니야, 아니고말고.

*로미오 등장.

티볼트 자네와는 이만 끝을 맺지. 저기 녀석이 오고 있으니.

머큐쇼 목을 맬 일이군. 아니 로미오가 네 하인 녀석 옷이라도 입었냐? 저 녀석이라게? 흥, 싸움터에나 나가 봐. 그럼 그가 네 뒤를 따를 테니. 그렇게나 되면 그를 하인 녀석이라 부를 수 있을까.

티볼트 이봐 로미오, 내가 네게 아부를 하더라도 이보다 더 멋진 말은 없지──이 악당 놈아.

로미오 티볼트, 난 자네를 사랑해야만 할 이유가 있으니, 그런 인사말로 끓어오를 분노는 얼마든지 자제할 수 있다네. 난 악당이 아닐세. 그러니 좋게 헤어지자구. 자넨 날 모르고 있어.

티볼트 이것 봐, 이걸로 네놈이 요전번에 내게 준 모욕을 용서할 수 있을 것 같아. 어서 돌아서서 칼이나 뽑으시지.

로미오 결단코 자넬 모욕한 일이 내겐 없다네. 오히려 자네가 상상도 못 할 만큼 자넬 사랑하고 있어. 자넨 그 연유를 아직 모르겠지만 말일세. 그러니 캐퓰렛, 진정하게나. 난 그 이름을 내 이름과 똑같이 명예롭게 여기고 있다네.

머큐쇼 오, 철면피 같고, 수치스럽고, 야비한 항복이라니! 일격에 해치워 버릴걸. (칼을 뽑는다) 티볼트, 이 쥐새끼나 잡는 악당 놈아, 어디 한판 해볼까?

티볼트 나와 상대해서 뭘 건져 보겠다는 거야?

머큐쇼 고양이 족속의 왕놈아, 너희 아홉 마리 중 한 놈에게만 맛을 보여주지. 그런 후에 네놈 태도에 따라 나머지 여덟 놈도 무사하지 못할 줄 알아. 자, 칼집에서 칼을 뽑지 않으시겠나? 어서! 네놈 칼이 안 나오면 내 칼이 네놈 귀를 날려 버릴 테니.

티볼트 좋아 소원이라면 덤벼봐라. (칼을 뽑는다)

로미오 머큐쇼, 어서 칼을 집어넣게.

머큐쇼 어서 덤벼 봐. 네놈의 찌르기 솜씨로! (둘이 싸운다)

로미오 벤볼리오, 칼을 빼 저들의 칼을 쳐서 싸움을 멈추게 하게나. 이보게들, 부끄럽지도 않나! 흉폭한 짓은 제발 그만 둬! 티볼트, 머큐쇼, 영주님께서 베로나의 거리에서 싸우는 건 특별히 금지하셨잖나. 멈춰, 티볼트! 머큐쇼! (티볼트가 로미오의 팔 밑으로 머큐쇼를 찌르고는 그의 패거리와 달아난다)

머큐쇼 난 찔렸어. 네놈들 두 집안 함께 망해 버려라! 난 가망이 없어. 그놈은 달아났나? 상처 난 곳도 없이?

벤볼리오 뭐, 자네가 다쳤다구?

머큐쇼 음, 음, 좀 살짝 찔렸어. 조금 찔린 것뿐이라구. 그래도 상당한 상처야. 이 녀석은 어디 있는 건가? 이놈아, 어서 의사 선생을 모셔와. (하인 퇴장)

로미오 기운을 내, 이 친구야. 상처가 깊지는 않을 거야.

머큐쇼 그래, 우물처럼 깊지는 않아. 교회 문처럼 넓지도 않고, 하지만 상당히 다쳤어. 내일 자네가 날 찾아오면 관 속에 있는 날 보게 될걸세. 난 정말로 이 세상을 하직할 거라네. 네놈들 두 집안 모두 망해 버려! 에잇, 빌어먹을. 사람을 죽게 만들 정도로 상처를 내다니. 개 같은 놈, 쥐새끼, 생쥐, 고양이 같은 놈! 허풍선이에다 건달에다 악 당 놈 같으니! 산수책이나 들여다보고 싸우는 녀석! 빌어먹을, 자네 는 왜 싸우는 데 뛰어들었나? 난 자네 팔 밑으로 찔렸다구.

로미오 말리려고 한다는 것이 그만.

머큐쇼 날 아무 집으로나 좀 데려다 주게, 벤볼리오. 안 그럼 난 기절 할 것 같네. 네놈들 두 집안 모두 망해 버려라! 그놈들이 날 구더기 밥으로 만들었단 말야. 난 찔렸어. 이처럼 깊은 상처를 얻었단 말야. 네놈들 두 집안! (벤볼리오가 그를 부축해서 나간다)

로미오 영주님과 근친간인 데다 더구나 내 친구인 저 사람이 나 때문 에 치명적인 상처를 입다니——내 명예도 티볼트의 모략으로 손상되 어 버렸어——한 시간 전에 내 친척이 된 티볼트가 아닌가. 오, 사랑 하는 줄리엣, 그대의 아름다움이 날 취하게 만들고, 강철 같은 무사의 성격도 녹여 놓고 말았구료.

  *벤볼리오 등장.

벤볼리오 오, 로미오, 로미오! 용감한 머큐쇼가 죽었다네! 저 늠름한 영혼이 너무도 일찍이 이 세상을 등지고 구름 위로 높이 올라가 버렸 어.

로미오 오늘의 불행은 두고두고 화근이 될 거야. 이건 재앙의 시작, 훗날 기어이 결말은 오고 말리니.

  *티볼트 등장.

벤볼리오 티볼트가 화가 치민 채 다시 돌아오네.

로미오 그자는 승리감에 차서 살아 날뛰는데, 머큐쇼는 죽었단 말이 지. 관용 따위는 하늘에게 주어 버려. 이제부턴 눈에서 불을 뿜는 분 노에다 내 행동을 맡길 테다! 자, 티볼트, 조금 전에 내게 붙여 준

'악당'이란 이름을 되돌려 주마. 머큐쇼의 영혼이 바로 우리 머리 위에 떠서 네 놈의 영혼을 데려 가려고 기다리고 있단 말이다. 너 아니면 내가, 아니면 둘 다 가야 해.

티볼트 불쌍한 녀석아, 그 녀석과 함께 어울렸으니 이제 그 녀석과 함께 가게 해주마.

로미오 그건 이 칼이 정해 줄 문제다. (둘이 싸운다. 티볼트 쓰러진다)

벤볼리오 로미오, 어서 피해. 도망치라구! 시민들이 몰려오고 있어. 게다가 티볼트는 죽었어. 멍하니 서 있다 잡히면 분명 영주님은 자넬 사형에 처할 걸세. 그러니 어서 피해, 도망치라니까!

로미오 오, 이 무슨 운명의 장난이란 말인가!

벤볼리오 피하지 않고 뭘 꾸물거리고 있나? (로미오 퇴장)

　*시민들 등장

시 민 머큐쇼를 살해한 놈은 어느 길로 도망쳤지? 살인자, 티볼트가 어디로 달아났어?

벤볼리오 티볼트는 저기 자빠져 있소.

시 민 일어나, 나와 같이 가자. 영주님의 이름으로 널 체포하겠다.
(영주가 몬테규, 캐퓰렛, 그들의 부인들과 다른 사람들을 거느리고 등장)

영 주 이 싸움을 시작한 괘씸한 것들은 어디 있느냐?

벤볼리오 오, 존귀하신 영주님. 제가 이 치명적인 불행한 싸움의 자초지종을 모두 말씀드리겠습니다. 여기 쓰러져 있는 자는 로미오라는 청년에게 당했습니다. 그런데 저 자는 영주님의 친척인 용감한 머큐쇼를 죽였지요.

캐퓰렛 부인 내 조카 티볼트가! 오, 내 오라버니 아들이! 오, 영주님! 오, 여보! 오, 내 소중한 조카가 피를 흘리다니! 영주님, 공정한 판단을 내리시어 우리 집안의 피 값으로 몬테규 집안도 피 값을 치루게 해주십시오. 오, 내 조카, 내 조카가!

영 주 벤볼리오, 이 처절한 싸움을 시작한 자가 누구냐?

벤볼리오 여기 쓰러져 있는 티볼트올시다. 로미오가 그를 죽였지요. 로미오는 그에게 좋게 타이르고, 싸움이 얼마나 하찮은 것인가를 생각해 보라고 하며 영주님의 노여움을 일으키지 말자고 달랬습니다. 로미오는 이 모든 것을 부드러운 얼굴로 겸손하게 무릎을 굽히며 점잖게 타일렀습니다. 그러나 막무가내로 덤벼드는 티볼트의 분노에는 먹혀 들지 않았습니다. 티볼트는 용감한 머큐쇼의 가슴팍에다 대고 칼을 빼들었지요. 머큐쇼 역시 격분한 나머지 맹렬하게 칼을 빼들고 마구 욕을 퍼부으며, 한 손으로는 싸늘한 죽음의 칼날을 젖히고, 다른 손으로는 티볼트에게 죽음의 칼날을 들이댔지요. 티볼트는 빈틈없는 솜씨로 응수했습니다. 이때 로미오는 크게 외쳐댔지요. '멈춰, 이 사람들아! 이 사람들아, 그만두란 말야.' 그렇게 소리치기가 무섭게 재빨리 그들의 필사적인 칼날을 쳐서 막으며 두 사람 사이로 뛰어들었지요. 그런데 그때, 로미오의 팔 밑으로 티볼트가 흉측한 칼날을 휘둘러 늠름한 머큐쇼에게 치명적인 일격을 가하고 달아나 버린 겁니다. 하지만 그는 곧 로미오에게로 돌아왔는데, 그때는 로미오도 복수심에 눈이 멀어, 두 사람은 번개같이 맞붙었습니다. 제가 그들을 떼어놓으려 칼을 뺄 겨를도 없이 완강한 티볼트는 칼에 맞아 쓰러지고, 그리고 그가 쓰러지자 로미오는 돌아서서 도망가 버렸습니다. 이것이 진상이며 이상이 거짓이라면 저는 죽어도 좋습니다.

캐풀렛 부인 그는 몬테규 집안의 친척이에요. 자기 집안을 위해 진실을 얘기할 리가 없어요. 그가 말한 건 사실이 아닙니다. 그들 중 스무 명이 이 흉폭한 싸움에 끼어 들어 그 스무 명이 한꺼번에 한 목숨을 죽였어요. 부디 영주님께서는 공정한 판단을 내려 주십시오. 로미오는 티볼트를 죽였으니 그도 마땅히 그 죄값을 치러야 합니다.

영 주 로미오가 그를 죽였고, 그는 머큐쇼를 죽였구나. 그럼 머큐쇼의 피 값은 누가 치룬다 말인가.

몬테규 로미오는 아니올시다, 영주님. 그는 머큐쇼의 친구였습니다. 단지, 그가 잘못한 것은 법률이 처단해야 할 티볼트의 목숨을 자신이 대신 처단한 것뿐입니다.

영 주 그러나 그것은 사적인 보복일뿐 죄는 인정되니 그를 즉시 여기서 추방하도록 한다. 난 너희의 증오에 말려들어 너희의 싸움 때문에 내 혈육의 피마저 흘리게 되었구나. 하지만 너희에게 엄벌을 내려 내 혈육에 대한 칼부림을 뉘우치도록 하겠다. 어떤 애원이나 변명도 필요 없을 것이니, 아무리 눈물을 흘리고 사정해도 용서받을 수 없을 것이다. 그러니 아무 짓도 소용없다. 속히 로미오를 추방시켜라. 만약 발각될 시에는 그 즉시 끝장이다. 이제 이 시체를 운반하고, 내 처분을 기다려라. 죽인 자를 용서해 달라고? 살인범을 용서하는 자비 따위는 살인을 조장할 뿐이다. (퇴장)

제 2 장 캐풀렛 가의 정원

*줄리엣 혼자 등장.

줄리엣 불타는 발을 가진 말들아, 어서 달려가거라. 태양 신의 잠자리로! 파에튼과 같은 마부라면 널 서쪽으로 마구 몰아 당장에 구름 낀 밤을 가져다 주련만. 사랑을 노래하는 밤아, 빈틈없이 장막을 쳐다오. 그래서 도망치는 자를 눈감아 줄 수도 있으며, 로미오 님도 남의 입에 오르내리지 않고 들키지도 않은 채 이 팔로 뛰어들 수 있게 말야. 연인들은 그들의 아름다움을 등불 삼아 그들이 사랑을 나누는 걸 볼 수 있다지. 아니, 사랑이 장님이라면 밤이랑 안성마춤 일거야. 어서 와, 친절한 밤아. 온통 까만색으로 얌전하게 차려 입은 부인아. 순결한 한 쌍의 처녀 총각이 벌이는 멋진 시합에서 이기고 지는 법이 어떤 것인지 가르쳐 주렴. 내 볼 위에서 끓어오르는 순정의 핏빛을 네 검은 옷자락으로 씌워다오. 그러면 수줍은 사랑도 대담해져서 진실한 사랑의 행위도 정말이지 얌전한 것으로 생각할 수 있지 않겠어. 그러니 밤아, 제발 어서 와 주렴.어서 오세요, 로미오 님. 밤을 대낮같이 밝히시는 당신, 어서 오세요. 당신은 까마귀의 등 위에 새로 쌓인 눈보다도 더 희게 밤의 날개 위로 앉을 테니까요. 어서 오렴, 정다운 밤아. 어서 와, 검은 이마를 가진 사랑하는 밤아. 내게 나의 로미오 님을 다오. 그리고 그이가 죽게 되면, 그이를 데려가 작은 별들로 그이를 조각내 주렴. 그럼 그이가 밤 하늘을 더욱 빛나게 만들 테고, 모든 이들은 밤에게 홀려서 저 찬란한 태양을 숭배하지 않게 될 것 아냐. 오, 난 사랑의 저택을 사긴 했지만 아직 가져 보지는 못하구, 이미 팔린 몸이건만 아직 사랑도 받지 못했어. 그러니 내게는 이 낮이 지루하기만 할 뿐이야. 마치 명절 전날 밤 새 옷을 머리맡에 두고서도 입지 못하는 아이의 안타까움처럼. 오, 저기 유모가 오는군. (유모가 줄사다리를 가지고 등장) 유모는 무슨 기별을 전해 주겠지. 로미오 님의 이름을 말하는 입이라면 그것만으로도 훌륭한 웅변이지. 자, 유모, 무슨 소식이야? 손에 들고 있는 건 뭐지? 로미오 님이 가져오라고 한 줄사다리로군?

유 모 네, 네, 줄사다리예요. (줄사다리를 내던져 버린다)

줄리엣 아니! 무슨 일이지? 왜 그렇게 양손을 비비꼬는 거야?

유 모 아이구, 세상에! 그가 죽었어, 죽었다구. 그가 죽었다구요! 아가씨, 우린 망했구려, 망했어! 아이구, 슬퍼! 그가 가 버리다니, 그가 죽다니!

줄리엣 하늘이 이다지도 무정할 수가?

유 모 로미오 도령은 그럴 수 있어요, 하늘은 그렇지 않다 해도. 오, 로미오, 로미오가! 그렇게 될 줄 생각이나 할 수 있었겠수? 로미오라니!

줄리엣 도대체 왜 유모는 날 이토록 고통스럽게 하는 거야? 그런 고통스런 소리는 무시무시한 지옥에서나 할 소리라구. 로미오 님이 자결이라도 했단 얘기야? 그렇담 '응'이라고만 말해. '응'이라는 한마디는 한 번만 노려봐도 사람이 죽어 버린다는 뱀의 눈보다 더 무서울테니. '응'이라고 말한다면, 아니 저 두 눈이 감겨져 '응'이라는 대답을 뜻하게 된다면, 그땐 난 이미 내가 아니게 된다구. 그이가 죽었거든 '응'이라 말하고, 아니면 '아니'라고 해. 그 한마디에 내 행복과 불행은 결판을 보게 될 테니.

유 모 상처를 봤지요. 이 두 눈으로 똑똑히——오, 하느님! 그의 남자다운 가슴팍에 난 상처에서 붉은 피를 흘리고 있는 가여운 시체를. 잿빛처럼 파리한 데다 온통 피 범벅이 된, 온몸이 피로 엉겨 있었지요. 그걸 보고 난 기절을 했다우.

줄리엣 오, 터질 것 같은 내 가슴아! 불쌍한 파산자 같으니, 단번에 터져라! 눈은 감옥으로 가 이제 다시는 자유를 그리워하지 말라! 흙 덩어리 같은 몸은 살아 무엇하나! 차라리 숨을 거두어 로미오 님과 함께 무거운 관 속에나 누워 버려!

유 모 오, 이럴수가! 티볼트, 티볼트 님, 가장 훌륭한 친구분! 오, 얌전한 티볼트 님! 정직한 신사 양반! 이 늙은이가 살아서 당신이 죽는 꼴을 보게 되다니!

줄리엣 웬 폭풍이 이렇게 거꾸로 몰아치는 거지? 이 무슨 혼돈인가, 대체 누가 죽었다는 거야? 내 사랑하는 사촌 오빠인가, 이니면 그보다 더 소중한 내 낭군인가? 자, 무시무시한 나팔아, 최후의 심판을 울려다오! 만약 두 분 모두 죽어 버렸다면 더 살아 남아 무엇 하리요?

유 모 티볼트는 죽었고, 로미오는 추방되었다우. 로미오는 그를 죽여 추방된 거예요.

줄리엣 오, 하느님! 진정 티볼트 오빠를 피 흘리게 한 손이 로미오 님의 손이란 말인가?

유 모 그래요, 그래! 아이구, 참 그렇다니까!

줄리엣 오, 꽃 같은 얼굴에 가려진 독사의 마음이라니! 뱀이 그토록 멋진 동굴에 산 적이 있었을까? 아름다운 폭군 같으니! 천사 같은 마귀! 비둘기의 흰 깃털로 숨겨진 까마귀였군! 늑대같이 탐욕스런 양새끼였어! 외모와는 정반대였어——저주받은 성자, 고결한 악당! 오, 자연아, 낙원같이 아름다운 육체에다 악마의 영혼을 불어 넣느라 얼마나 애를 썼니? 이제껏 그토록 아름다운 장정에다 그토록 사악한 내용을 담은 책이 있었던가? 오, 그런 사기꾼이 그토록 휘황찬란한 궁전 안에 살고 있었다니! 가장 고결한 겉모습에 천박한 속이라니!

유 모 남자한테는 믿음도, 성실함도, 정직함도 없다우. 모두 거짓 맹세를 하고 맹세는 지키지도 않는 데다, 전부 다 몹쓸 사기꾼들이야. 아, 내 하인이 어디 갔지? 술을 좀 줘요. 이런 고통과 비탄과 슬픔 때문에 내가 늙는다니까. 로미오란 놈, 에잇 벼락이나 맞아라!

줄리엣 그런 악담을 하는 유모의 혓바닥이나 벼락 맞어! 그이가 어디 그런 악담을 받을 분이신가? 그이의 이마 위엔 그따위 욕은 부끄러워 얼씬도 할 수 없을 거야. 그이의 이마야말로 이 세상 으뜸의 명예를 지닌 제왕으로 군림할 옥좌란 말야. 어쩌다 내가 속없이 그이를 책망했을까!

유 모 아가씨는 사촌 오빠를 죽인 사람을 두둔하는 거요?

줄리엣 그럼 내 남편이신 그이를 욕하란 말인가? 아, 가여운 내 님. 세 시간 전에 당신의 아내가 된 내가 당신의 명예를 떨어뜨렸으니, 무슨 말로 다시 당신의 명예를 회복시킬 수 있을까요? 하지만 악당 같은 사람, 왜 내 오빠를 죽였나요? 아냐, 그 악당 같은 사촌 오빠가 어쩌면 내 남편을 죽였을지도 몰라. 미련한 눈물아, 가 버려, 네가 흘러 나온 샘으로 어서 돌아가. 다시 돌아가 버리란 말야! 기뻐서 흘려야 할 눈물 방울이 잘못 알고 슬퍼서 흐르고 있잖니. 티볼트 오빠가 죽이 려던 내 남편은 살아 있고, 내 남편을 죽이려던 티볼트 오빠는 죽었 어. 이건 모두 기쁜 일인데 어쩌자고 내가 운담? 티볼트 오빠의 죽음 보다 더 슬픈 한마디가 날 죽이는구나. 제발 그 한마디를 잊어버릴 수 있었으면. 하지만, 흉악한 죄악이 죄인의 마음을 짓눌러 오듯 오, 그 한마디가 내 기억을 놓아 주지 않는구나! '티볼트는 죽고, 로미오는 ──추방당했다'구? 그 '추방'이라는, '추방'이라는 한마디는 만 명 이나 되는 티볼트가 죽은 것과 같은걸. 티볼트의 죽음은 그것만으로 도 매우 큰 슬픔이야. 헌데 심술쟁이 같은 슬픔이 친구를 좋아해서 꼭 다른 슬픔과 짝을 지어야 하겠다면, 유모가 '티볼트가 죽었다'라고 말했을 때, 왜 그 다음에 아버지나 어머니, 아니면 양쪽 다 죽었다는 말이 따라오지 않는 거야? 그런 거라면 흔해 빠진 통곡만으로 그칠 수 있을 텐데 말야. 하지만 티볼트의 죽음 뒤에 따라오는 것이 '로미 오가 추방당했다'라니──그건 아버지, 어머니, 티볼트, 로미오, 줄 리엣 모두가 살해당했다는 말이나 한가지야. '로미오가 추방당했다' 라니──그 한마디가 던지는 괴로움은 밑도, 끝도, 한도, 무게도 없 어. 어떤 말로도 그 슬픔을 대신할 순 없다구. 헌데 유모, 아버지와 어머니는 어디 계시지?

유 모 티볼트의 시체를 붙들고 흐느끼며 통곡하고 계시다우. 거기에 가보겠수? 내 아가씨를 데려다 줄 테니.

줄리엣 두 분께서 눈물로 그의 상처를 씻고 계시다고? 내 눈물은 두 분의 눈물이 다 말라 버렸을 때 로미오 님의 추방을 슬퍼하며 흘릴 거 야. 그 줄사다리를 집어 줘요. 불쌍한 줄사다리 같으니, 너와 나 우리 모두는 속았구나. 로미오 님이 추방 당하게 되셨으니. 그이는 널 내 침대로 들어오는 받침돌로 쓰려 했는데. 하지만 처녀인 난 처녀 과부로 죽을 수밖에 없구나. 이리 와, 줄사다리야. 이리 와요, 유모. 난 침실로 가서 로미오 님 대신 죽음한테 내 순결을 바치겠어!

유 모 어서 아가씨 방으로 가우. 내 로미오 님을 찾아서 아가씨를 기쁘게 해 드릴 테니. 난 그분이 계신 곳을 잘 알고 있다우. 들어 봐요, 아가씨의 로미오 님이 오늘 밤 여기 올 거예요. 난 그분한테 갈께. 그분은 지금 로렌스 신부님의 방에 숨어 계시니까.

줄리엣 오, 그이를 찾아! 그리고 이 반지를 내 그리운 낭군님께 드리고, 기다리겠다구. 작별은 꼭 나누고 떠나시라고 전해 주세요. (퇴장)

제 3 장 로렌스 신부의 방

*로렌스 신부 등장.

신 부 로미오, 나오너라. 이리 나오라구, 겁먹지 말구. 재앙이 너에게 홀딱 반했는지 넌 불행과의 연을 끊을 수 없게 돼 버렸구나.

*로미오 등장.

로미오 신부님, 무슨 소식이라도? 영주님의 판결은 무엇입니까? 미처 제가 깨닫지 못한 슬픔들이 저와 사귀기를 원하는지요?

신 부 얘야, 넌 그런 심술궂은 친구들과 너무 가까이 지내는구나. 영주님의 판결 소식을 가져왔다.

로미오 영주님의 판결이 사형보다 관대한 것은 아니겠지요?

신 부 더 관대한 판결이 내려졌어──사형이 아니고 추방이다.

로미오 예? 추방이라구요? 차라리 '사형'이라고 말씀해 주십시오. 사형보다 더 견디기 힘든 것이 추방이니까요. 그러니 저에게 '추방'이라는 말은 말아 주세요.

신　부　지금 당장 베로나에서 넌 추방되었어. 꾹 참거라, 세상은 크고 넓으니까.

로미오　베로나의 담 바깥엔 어떤 세상도 없어요. 단지 연옥과 고통의 온상인 지옥이 존재할 뿐입니다. 그러니 추방되었다는 건 이 세상에서 추방되었다는 뜻이고, 이 세상에서의 추방은 곧 죽음인 겁니다. 그런 까닭에 추방이라는 말은 사형을 조금 부드럽게 부르는 것과 같은 거예요. 그러니 사형을 '추방'이라 부르는 건 마치 신부님이 황금 도끼로 제 목을 치고는 그 솜씨에 만족해 빙그레 웃으시는 것과 같은 거예요.

신　부　오, 그런 무서운 죄가 될 소리를 하다니! 오, 무례하고 배은망덕하기 짝이 없구나! 네 잘못은 우리의 법에 따르자면 사형감이야. 하지만 인자하신 영주님께서 널 생각해서 법을 제쳐놓으시고, 그 끔찍한 사형이란 말을 추방으로 바꾸어 놓으신 거다. 특별히 베풀어진 자비인데 그걸 모르다니.

로미오　그건 고문이지 자비가 아닙니다. 줄리엣이 없는 세상은 상상도 할 수 없어요. 뭇 고양이와 개와 작은 생쥐 그리고 온갖 하찮은 것들도 모두 여기 천국에서 살며 그녀를 바라볼 수 있어요. 그런데 이 로미오에겐 이제 그런 것이 허락되지 않아요. 로미오보다도 썩은 고기에 날아드는 파리 떼가 더 가치 있고, 더 명예스러우며, 더 구애할 수 있어요. 그것들은 사랑스러운 줄리엣의 아름다운 하얀 손 위에 앉을 수도 있고, 그녀의 입술에 몰래 입맞추어 영원한 행복을 훔칠 수도 있어요. 줄리엣은 순결한 처녀의 수줍음 때문에 위아래 입술이 닿는 것조차 죄라고 생각하는지 항상 얼굴이 발그레하잖아요. 하지만 로미오는 그럴 수가 없습니다——추방당했으니까요. 파리들에게도 허락되는 자유로움과 행복인데, 전 추방이라니요. 이런데도 추방이 사형이 아니란 말씀입니까? 신부님은 독약이나 예리하게 갈아 놓은 칼이나 어떤 비겁한 방법이든지 돌연히 저를 죽일 수 있는 방법이 없어서 '추방' 이란 말로 절 죽이려 하십니까——추방이라구요? 오, 신부님, 지옥 으로 떨어진 버림받은 자들이나 그런 말을 쓰는 거예요. 그 말엔 울부 짖음이 있어요! 성직에 몸을 담고 참회를 들으시고 죄를 용서해 주시 는 더욱이 세상이 다 아는 제 친구이신 신부님께서 어찌 '추방'이라는 말로 저를 갈갈이 찢어 놓으십니까?

신 부 그 무슨 사리 판단없는 헛된 망상이냐. 잠시 내 얘기를 들어 보렴.

로미오 오, 또 추방이란 소릴 하시려구요!

신 부 그 말을 막아 낼 갑옷을 주마. 역경에는 달콤한 젖이 되고 철 학이 되는 거지. 네가 비록 추방당했다 해도 네게 위로가 될 게다.

로미오 아니, 또 추방인가요? 철학도 줄리엣을 볼 수 없고 영주님의 판결을 바꾸지 못하는 무용지물이라면 벽에나 매달아 두세요. 더 이 상 아무런 얘기도 듣고 싶지 않아요.

신 부 오, 이제야 미치광이에게는 귀가 없다는 걸 알겠구나.

로미오 현명한 사람에게도 눈이 없는데, 어떻게 미치광이한테 귀가 있 겠습니까?

신 부 어디 네 입장을 함께 의논해 보자꾸나.

로미오 신부님은 제 입장이 될 수 없으니 이야기할 수 없으세요. 신부 님이 저만큼 젊고, 줄리엣 같은 여인과 결혼한 지 한 시간 만에 티볼 트를 죽였고, 저처럼 사랑에 넋이 나가 있는 데다, 역시 저처럼 추방 당해 보십쇼. 그땐 신부님도 이야기할 자격이 있지요. 그땐 신부님도 머리를 쥐어뜯으며, 지금 제가 하듯이 땅바닥에 쓰러져 아직 채 파지 도 않은 무덤의 깊이나 재어 보게 되실 겁니다. (밖에서 문 두드리는 소

리가 난다)

신 부 일어나거라. 누가 문을 두드리는구나. 얘, 로미오야. 어서 옮기려무나.

로미오 싫어요. 비통한 신음으로 토해 내는 한숨이 안개처럼 저를 둘러쳐서 사람들의 눈으로부터 날 보호해 준다면 모르지만.

　*문 두드리는 소리가 계속 들린다.

신 부 들어 봐, 누가 문을 두드리잖니! 거기 누가 왔소? 로미오, 얼른 피해라 넌 잡히고 말 거야.——잠시만 기다려요!——피하라니까. (문 두드리는 소리가 난다)내 서재로 뛰어 가.——곧 가오!——아이구, 이게 무슨 어리석은 짓이냐!——네, 나갑니다. (문 두드리는 소리가 난다) 누가 이렇게 계속해서 문을 두드리는 거요? 대체 누구요? 무슨 일로 온 거요?

유 모 (밖에서) 날 들여보내 줘요. 그럼 무슨 일로 왔는지 알게 될 거예요. 줄리엣 아가씨를 대신해서 왔어요.

신 부 그럼 들어오시오.

　*유모 등장.

유 모 오, 신부님, 대답해 주세요. 우리 아가씨의 낭군님은 어디 계신가요, 로미오 님이 어디 계신가요?

신 부 저기 땅바닥에 엎드려 있구료. 제 눈물에 취해서 말이오.

유 모 오, 우리 아가씨랑 같은 모습이군요. 아주 똑같아요!

신 부 애타는 마음이야 같겠지. 가련한 신세들이구먼!

유 모 아가씨도 로미오 님처럼 엎드려 울고불고 야단이랍니다. 일어나세요, 일어나시라구요! 사내 대장부라면 말예요. 줄리엣 아가씨를 위해서라도 이건 옳지 못한 일이예요! 왜 그리 깊은 시름에 빠져 있는 거예요?

로미오 (일어서며) 유모——.

유 모 아이구, 서방님! 아이구, 서방님! 글쎄, 죽으면 세상 만사는 모두가 끝이예요.

로미오 줄리엣의 얘길 했지요? 그녀는 어떻소? 날 흉측한 살인자로 생각하겠지? 우리의 막 피어난 행복이 그녀의 친척의 피로 얼룩졌으니 말이오. 그녀는 어디 있어요? 뭘 하고 있나요? 그래 비밀에 붙인 내 아내는 뭐라 하던가? 피어나지 못한 우리의 사랑에 대해 말이오.

유 모 오, 아가씨는 아무 말도 않고, 그저 울기만 하세요. 침대 위에 쓰러져 있는가 하면, 일어나서는 티볼트를 부르고, 그러다간 로미오를 부르짖고는 다시 쓰러진답니다.

로미오 마치 그 이름이 백발백중의 총에서 발사되어 그녀를 죽인 것같이 말이로군. 그 이름을 가진 저주받은 손이 그녀의 친척을 죽였기 때문에 말이오. 오, 말씀해 주세요 신부님, 제발. 이 몸의 어느 망측한 곳에 제 이름자가 들어 있습니까? 제발. 말씀 좀 해주세요. 그 망측한 집을 부숴 버리게 말입니다. (칼을 뽑아 든다)

신 부 그만 두지 못하겠니. 이 무슨 짓이냐, 이러고도 네가 사내 대장부냐? 네 외양은 대장부이다만, 네 눈물은 여자 같고, 네 못난 행동 또한 분별없는 짐승의 잔악함과 다를 바 없구나. 남자 같이 보이지만 꼴사나운 여자야! 남자 같기도 하고 여자 같기도 한 보기 싫은 짐승이로구나! 넌 날 놀라게 했어. 난 널 그렇게 보지 않았는데. 넌 티볼트를 죽이지 않았느냐? 이제 너 자신도 죽이려 하는 거냐? 그래서 너 자신을 혹사시켜 널 생명으로 여기며 살고 있는 네 아내마저 죽이려 하는 거냐? 어쩌자고 네 탄생과 하늘과 땅에다 대고 저주를 퍼붓는 거냐? 탄생과 하늘과 땅, 이 모두가 조화를 이루므로 너라는 존재가 있을 수 있는 거야. 그런데 넌 그것들을 당장 팽개치겠단 말인가?

에잇, 너의 용모와 애정과 지혜가 부끄럽지도 않느냐? 마치 구두쇠처럼 그 모두를 마냥 품기만 하고, 네 용모와 애정과 지혜를 빛내 주기 위해 진정으로 써야 할 곳에는 쓰지 않는구나. 대장부가 기상을 잃어버리면 네 반듯한 용모도 아무런 소용이 없게 돼. 네 소중한 사랑의 맹세도, 마음속에 간직하기로 언약한 사랑을 죽여 버리면 허울 좋은 거짓 맹세에 지나지 않는 거야. 네 용모나 애정을 돋보이게 해주는 네 지혜도, 잘못 다스려지면 미숙한 병사의 화약통에 든 화약처럼 제 무지 때문에 불이 붙어, 제 무기로 팔다리가 잘리는 거지. 자, 일어나거라, 사내 대장부답게! 조금 전까지만 해도 줄리엣을 위해서라면 죽으려고까지 하지 않았느냐. 그런데 그런 줄리엣이 살아 있으니, 그나마 다행한 일이 아니냐. 티볼트가 널 죽이려 했지만, 오히려 네가 티볼트를 죽였으니 이것 또한 너의 행복이라 생각해라. 널 사형에 처하려 했던 법도 네 친구가 되어 사형을 추방으로 탈바꿈시켰으니 이 또한 행복한 거고. 한 보따리의 축복이 네 등을 비추고 있어. 행복이 제일 예쁜 옷을 차려 입고 네게 유혹의 눈길을 보내고 있단 말이다. 헌데 버릇없고 삐치기 좋아하는 계집애처럼 넌 네 행운과 사랑에게 토라진 얼굴을 하다니. 아서라, 그러지 말아. 그러다가 비참하게 죽을라. 가서 네 사랑을 얻어라. 예정대로 줄리엣의 방으로 올라가 그 아이를 위로해 줘. 하지만 성문이 닫힐 때까지 머무르게 되면 넌 만투아로 돌아갈 수 없게 되니 성문이 닫히기 전 떠나야 한다. 네가 거기서 살게 되면 때를 봐서 너희의 결혼을 발표하고 양가의 화해를 얻고, 영주님께 용서도 구하마. 그땐 네가 통한에 잠겨 떠나던 때보다 수만 배나 더 기뻐하며 돌아올 수 있을 거야. 앞장 서시오, 유모. 아가씨에게 안부 전해 주오. 그리고 집안 식구들이 모두 잠자리에 들도록 재촉하라고 해요. 모두들 상심에 잠겨 있을 테니 쉽게 따라 줄 거요. 곧 로미오를 보내겠소.

유 모 오, 신부님. 이런 훌륭한 말씀을 듣는 거라면 밤이 다 하도록 여기 앉아 있겠어요. 오, 얼마나 많은 배움이 되는지! 서방님, 곧 서 방님이 오실거라고 아가씨를 위로해야 되겠어요.

로미오 그렇게 하구료. 그리고 줄리엣 아가씨에게 날 꾸짖을 준비도 해두라고 하오.

유 모 여기, 아가씨가 서방님께 전해 드리라는 반지가 있어요. 어서 서두르세요, 밤이 깊어 가니까요.

로미오 아, 이제야 마음이 한결 놓이는군.

신 부 이제 가 봐. 잘 가거라. 그런데 결국 네 운명은 둘 중 하나다. 성문이 닫히기 전에 떠나든지, 아니면 새벽에 변장을 하고 누구의 눈 에도 띄지 않도록 빠져 나가야 해. 만투아에 가 있으면, 수시로 사람 을 보내 이곳에서 일어난 좋은 소식을 모두 전해 주마. 자, 손이나 한 번 잡아 보자. 밤이 깊었어. 그럼 잘 가거라.

로미오 기쁨보다 더한 기쁨이 저를 기다리니 망정이지, 신부님과 이처 럼 서운하게 이별한다면 가슴이 무너질 겁니다. 안녕히 계세요. (퇴 장)

제 4 장 캐풀렛 가

*캐풀렛과 그의 부인 그리고 파리스 백작 등장.

캐풀렛 뜻밖의 일이 일어나는 바람에 딸애를 설득시켜 볼 시간이 없었소. 당신도 아다시피 그애는 사촌 티볼트를 무척이나 좋아했다오, 나 역시 마찬가지지만. 하기야 태어나서 한 번 죽을 몸이긴 하지만요. 이젠 밤도 꽤 깊었으니 딸애는 내려오지 않을 거요. 나도 당신이 오시지 않았더라면 이미 한 시간 전에 잠자리에 들었을 거라오.

파리스 이처럼 불행한 때이고 보면 청혼할 때도 아니지요. 부인, 안녕히 주무십시오. 따님에게 안부 전해 주시구요.

캐풀렛 부인 그러지요. 내일 날이 밝는 대로 그애의 마음을 알아보지요. 오늘 밤은 슬픔에 파묻혀 있으니까요.

캐풀렛 파리스 백작, 난 그애의 사랑에 대해선 철저한 감독자라오. 그애는 내 말이라면 거절하지 못할거요. 아니, 그 이상이지요. 의심할 필요도 없어요. 부인, 잠자리에 들기 전에 그애한테 가서 여기 내 사윗감인 파리스 백작의 사랑을 전해 주시오. 그리고 그애더러 이렇게 얘기하오. 다가오는 수요일에——아, 참! 오늘이 무슨 요일이오?

파리스 월요일이지요.

캐풀렛 월요일이라! 허어! 그럼 수요일은 너무 이르군 그래. 음, 목요일로 할까——그애한테 전해요. 목요일에 이 백작님과 결혼하게 될 거라구 말이오. 백작, 그때까지 준비가 되겠소? 기일이 이처럼 짧아도 괜찮을는지요? 성대한 잔치를 벌일 건 아니고——가까운 사람들이나 몇 명 청하도록 하지요. 백작도 아시다시피 티볼트가 죽은 지 얼마 되지도 않았는데 성대한 잔치를 벌인다면 친척인 고인을 소홀히 여긴다고 비난하지 않겠소. 그러니 가까운 사람들이나 청하여 조촐히 치릅시다. 헌데 목요일이 어떻소, 백작?

파리스 바로 내일이 목요일이었으면 원이 없겠습니다.

캐풀렛 자, 이젠 돌아가 보시오. 목요일로 정하지요. 부인, 잠자리에 들기 전에 줄리엣에게 가서 결혼식 준비를 하라고 해요. 살펴 가시오, 백작. ——여봐라, 내 방으로 가게 불을 밝혀라. 아이쿠, 밤이 너무 깊었군. 곧 날이 밝아 오겠는데. 그럼 안녕히! (퇴장)

제5장 캐풀렛 가의 정원

*창문 높이 로미오와 줄리엣 등장.

줄리엣 벌써 떠나시려구요? 아직 채 날도 밝지 않았는데. 당신의 귀를 무섭게 울려 대는 저 소린 종달새가 아닌 나이팅게일의 소리예요. 밤마다 저기 저 석류나무 위에서 노래를 부르지요. 정말이에요, 저건 나이팅게일이에요.

로미오 저건 아침을 예고하는 종달새라오. 나이팅게일이 아니오. 저길 봐요, 저편 동녘 하늘에 심술궂은 햇살이 흩어지는 구름에다 줄무늬를 짜넣고 있지 않소. 밤의 촛불은 꺼져 버리고 명랑한 아침이 안개 낀 산꼭대기에 싹을 틔우고 있소. 난 여길 떠나 목숨을 이어가거나, 아니면 그냥 여기 머물다 죽는 수밖에 없소.

줄리엣 저기 저 빛은 햇빛이 아니예요. 오늘 밤 당신의 길잡이가 되어 만투아로 가는 길을 밝혀 줄 거예요. 그러니 조금만 더 계세요. 지금 떠나실 건 없잖아요.

로미오 난 붙잡혀도 좋고 죽어도 좋소. 그게 당신의 뜻이라면 난 흡족하오. 저기 저 회색빛은 아침의 눈(太陽)이 아니라고 말하리다. 저건 단지 달의 여신의 이마가 파리하게 반사된 것뿐이라고 말이오. 우리 머리 위의 둥근 하늘 높이 울려 대는 저 소리도 종달새 소리가 아니라고 말하리다. 지금 당장 죽는다 해도 이곳에 머무르고 싶은 것이 내 심정이라오. 오너라, 죽음아! 반가이 맞아 주마. 그게 줄리엣의 소원이란다. 자, 이제 됐소? 얘기나 더 합시다. 날이 밝으려면 아직 멀었잖소.

줄리엣 날이 밝았어요. 밝았어! 어서 서두르세요. 떠나세요, 빨리! 저건 종달새가 곡조도 맞지 않게, 듣기도 싫은 소리로 노래하는 거예요. 종달새의 노래는 달콤하다는데, 저 새는 그렇지도 않고 우릴 갈라 놓으려 하네요. 종달새와 징그러운 두꺼비는 서로 눈들을 바꾼다고 하던데, 아, 정말 그렇다면 소리마저 바꿨으면! 저 소리가 서로 얼싸안고 있는 우릴 갈라 놓고, 아침을 몰고 와 이별을 재촉하는군요. 오, 이제 어서 떠나세요! 날이 점점 밝아 와요.

로미오 날이 밝아 올수록 우리의 슬픔은 점점 더 어두워지는구료.

*유모 등장

유 모 아가씨!

줄리엣 유모유?

유 모 어머니께서 이곳으로 올라오고 계신다우. 날이 밝았어요. 조심하구, 잘 살펴 떠나세요. (퇴장)

줄리엣 그럼, 창문아, 빛을 넣어 주고 우리님을 보내 주렴.

로미오 안녕! 안녕! 한 번 더 키스하고 내려가리다. (로미오 내려간다)

줄리엣 아! 내 사랑, 내 님, 서방님, 그렇게 가 버리시긴가요? 날마다 수시로 꼭 연락 주셔야 해요. 일각이 여삼추 같으니까요. 이렇게 헤아리다가는 내 로미오 님을 다시 만나기도 전에 늙어 버리겠네!

로미오 안녕! 기회가 닿는 대로 반드시 연락 전하리다.

줄리엣 오, 우린 다시 만날 수 있을까요?

로미오 물론이오, 줄리엣! 때가 오면 지금의 이 아픔은 달콤한 추억 거리가 될 거요.

줄리엣 오, 이 무슨 불길한 예감이람! 아래 서 계신 당신이 마치 무덤 속의 시체처럼 보여요. 제 눈이 이상한 건지, 아니면 당신 안색이 너무 창백한 건지.

로미오 내 눈에도 당신이 그렇게 보이는구료. 목마른 슬픔이 우리의 피를 마셔 버리는가 보오. 그럼 잘 있어요, 안녕!

줄리엣 오, 운명의 여신이여! 모든 사람들이 널 변덕스럽다고 하지. 네 아무리 변덕스럽다한들 믿음직한 그이와 무슨 관련이 있겠니? 변덕을 부릴 테면 부려 봐. 그럼 넌 그이를 오래 잡아 두지 못하고 돌려보내 주겠지.

캐풀렛 부인 (안에서) 오, 애야. 일어나 있었느냐?

줄리엣 누가 부르는 소리지? 어머니시로군. 아직도 주무시지 않은 건가, 아니면 이렇게 일찍 일어나신 건가? 무슨 일로 이리도 일찍 올라오시는 걸까?

  *캐풀렛 부인 등장.

캐풀렛 부인 그래, 이제 좀 어떠냐, 줄리엣?

줄리엣 어머니, 기분이 조금 언짢아요.

캐풀렛 부인 언제까지나 사촌 오빠가 죽은 걸 슬퍼하고 있을 테냐? 그래, 넌 눈물로 오빠를 무덤에서 떠내려보낼 작정이냐? 설사 오빠를 떠내려 보낸다 해도 다시 살릴 수는 없잖니. 그러니 이제 그만 하거라. 적당히 슬퍼하는 건 애정의 표시로 봐주겠지만, 지나치게 슬퍼하는 건 분별이 부족한 탓이란다.

줄리엣 하지만 슬픔이 너무 크니 그냥 울게 놔두세요.

캐퓰렛 부인 그래, 잃어버린 슬픔이 크기도 할 거야. 하지만 네가 운다고 다시 살아나는 것도 아니잖니.

줄리엣 잃어버린 게 생각나 울지 않고는 견딜 수가 없어요.

캐퓰렛 부인 글쎄, 얘야. 넌 오빠의 죽음 때문에 운다기보다는 그를 죽인 악당이 살아 있기 때문에 더 슬픈 거지?

줄리엣 악당이라뇨, 어머니?

캐퓰렛 부인 로미오란 악당 녀석 말이다.

줄리엣 (방백으로) 그이가 악당이라니 말도 안 돼. (크게) 하느님, 그를 용서해 주세요! 저도 진정으로 용서하니까요. 하지만 그이만큼 날 슬프게 하는 사람도 없어요.

캐퓰렛 부인 그 반역자, 살인자가 버젓이 살아 있기 때문이야.

줄리엣 그래요, 어머니. 내 손이 닿을 수 없는 곳에 살아 있기 때문이에요. 오빠의 원수를 내 손으로 갚아 줄 수만 있다면!

캐퓰렛 부인 원수는 꼭 갚게 될 테니 염려 하지 말고. 이제 그만 눈물을 거두렴. 그 악당 녀석이 추방 당한 만투아로 사람을 보내, 그 녀석한테 비상한 독약을 먹여야지. 그럼 곧장 티볼트를 따라가게 될 테니. 그러면 너도 만족할 거야.

줄리엣 정말이지 그를 볼 때까지는, 그가 죽는 것을 볼 때까지는——만족하지 못할 거예요. 내 여린 마음이 오빠의 죽음 때문에 몹시도 괴로우니까요. 어머니, 독약을 가져갈 사람만 찾아 주신다면, 약은 제가 탈게요. 받아 마시자마자 그 로미오가 티볼트 오빠를 곧장 따라갈 수 있게요. 아, 분해라! 그 이름을 듣고도 갈 수 없다니! 갈 수만 있다면 내 사랑하는 오빠를 위해 그 살인자의 몸에다 대고 한껏 분풀이를 해주련만.

캐퓰렛 부인 그래, 독약을 타는 건 네가 하거라. 내 사람을 찾아 줄 테니. 그건 그렇고 얘야. 네게 기쁜 소식이 있단다.

줄리엣 이렇게 슬플 때 기쁜 소식이라니 잘됐군요. 뭔데요, 어머니? 빨리 듣고 싶어요.

캐퓰렛 부인 글쎄, 얘야, 네 아버지는 참 자상도 하시지. 슬픔에 젖어 무겁게 가라앉아 있는 널 위해 뜻밖에도 잔칫날을 잡으셨더구나. 너 나 나나 그 누구도 예상하지 못한 일을 말이다.

줄리엣 아이 좋아! 그게 무슨 날인데요?

캐퓰렛 부인 글쎄 말이다, 오는 목요일 아침 일찍, 저 늠름하고 젊고 고상한 신사이신 파리스 백작이 성(聖) 피터 성당에서 널 행복한 신부로 맞이하겠다는구나.

줄리엣 성 피터 성당과 또한 성 피터를 두고 맹세하지만 전 그분을 행복한 남편으로 맞이할 수 없어요! 왜 이리들 서두르는지 전혀 이해할 수 없군요. 남편 되실 분께 구혼도 받기 전에 전 결혼할 순 없어요. 어머니, 부디 아버지와 그분께 말씀드려 주세요. 전 아직 결혼할 마음이 없다구요. 꼭 해야 한다면, 파리스 백작보다는 차라리 어머니도 아시다시피 제가 증오하는 로미오와 결혼하겠어요. 이런 걸 다 기쁜 소식이라고 말씀하시다니!

캐퓰렛 부인 마침 아버지가 오시는구나. 네가 직접 말씀드리거라. 네 말을 어떻게 생각하실지 어디 한 번 들어 보자꾸나.

  *캐퓰렛과 유모 등장.

캐퓰렛 해가 지면 이슬이 맺힌다던데, 조카의 목숨이 지고 나니 당장 비가 퍼붓는구나. 어떠냐, 이제? 아니, 여지껏 눈물 도랑이냐? 이제 껏 울고 있다니. 언제까지 비 오듯 눈물만 흘리고 있을 테냐? 그 작

은 몸뚱아리 안에 배와 바다와 바람을 함께 겸비했단 말이냐? 네 눈
은 바다만큼 눈물을 쏟는구나. 눈물이 출렁거리니 말이다. 네 몸은
배가 되어 짜디짠 눈물의 홍수 속에서 항해하고 있지. 게다가 네 한숨
은 바람이랄까. 배는 눈물로 뒤흔들리는가 하면 눈물은 바람 때문에
세차게 소용돌이치니, 당장에 바람이 멈추지 않는 한 폭풍에 시달리
는 네 몸은 여지없이 부서지고 말겠구나. 내 말이 맞지 않소, 부인?
이 아이에게 우리의 뜻을 전했소?

캐풀렛 부인 그럼요, 하지만 고맙기는 해도 싫다나요. 바보 같으니!
차라리 무덤하고나 살라지요.

캐풀렛 잠깐만! 부인, 대체 알아들을 수가 없구료. 다시 말해 봐. 어
떻다구? 싫다구? 우리가 고맙지도 않다구? 명예가 아니라구? 하찮
은 것을 그토록 훌륭한 신사와 짝지어 주었는데도 행복으로 여기지
않는단 말인가?

줄리엣 명예라고 생각지는 않지만, 고맙게 여기고 있어요. 싫은 걸 명
예로 생각할 순 없지만, 싫은 것이라 해도 절 생각해서 하신 일이니
고맙게는 생각해요.

캐풀렛 저런, 저런, 저런, 저런 궤변이 있나? 그게 뭐냐? '명예'라고
했다가, '고맙다'고 했다가, '고맙지 않다'고 했다가, 게다가 '명예가
아니라'고? 이 건방진 것 같으니, 내 앞에서 고맙다느니 명예라느니
하는 소린 집어치워. 이제 네 미끈한 몸이나 잘 다듬어, 오는 목요일
파리스 백작과 성 피터 성당에서 식을 올릴 준비나 해. 정 싫다면 거
적에 싸서라도 끌고 갈 테니. 나가 버려, 병들어 나자빠진 시퍼런 송
장 같으니! 나가, 이 무지렁이 같은 것아! 정신 나간 것 같으니라
구!

캐풀렛 부인 그만 해요, 그만! 아니, 당신 무슨 악담을 그렇게 심하게

하세요.

줄리엣 아버지, 이렇게 무릎을 꿇고 빌게요. 부디 참으시고 제 말 한 마디만 들어 주세요.

캐풀렛 목이나 매 죽어, 버릇없는 것 같으니! 이 몹쓸 것아! 다시 말하마──목요일에 성당에서 결혼식을 올리든지, 아니면 이제부터는 절대 내 앞에 그림자도 보이지 말아! 이젠 어떤 변명도 소용없다. 대꾸나 대답 따위는 집어치워! 손이 근질거리는구나.

부인, 하느님이 이 딸년 하나만 주신 것도 우리에겐 복이구료. 헌데 이제 보니 하나도 너무 많아. 게다가 저 딸년 때문에 이렇게 욕을 보게 될 줄이야. 꼴도 보기 싫다. 이 못된 것 같으니!

유 모 가엾기도 해라! 나리, 아가씨에게 그렇게 악담을 하시면 안 됩니다.

캐풀렛 아니, 이건 또 재치 마님이신가? 잘난척 나서지 말고 꺼져 버려. 자넨 가서 수다쟁이들 하고나 떠들어!

유 모 제가 해선 안 될 말을 했나요, 뭐.

캐풀렛 오, 밤새 안녕하시냐구!

유 모 입 가지고 말도 못 하나요?

캐풀렛 시끄러워, 누구 앞에서 조잘거리는 거야! 그따위 쓸데없는 소릴랑은 수다쟁이들 하고 술이나 홀짝거리면서 지껄이라구. 여기선 소용없는 얘기니까.

캐풀렛 부인 당신 화가 많이 나셨구료.

캐풀렛 빌어먹을! 미치고 환장할 노릇이군. 밤이나 낮이나, 아침이건 저녁이건, 집에서든 밖에서든, 혼자 있으나 친구들하고 있으나, 자나 깨나, 늘 딸년의 혼인을 걱정해 왔는데, 이제 가문 좋고, 재산있고, 젊고, 교양있고, 듣자 하니 명예가 대단해 단번에 호감이 가는 신랑감을 짝으로 구해 줬더니, 저 어리석고 멍청한 것이 분에 넘치는 복인 줄도 모르고 훌쩍훌쩍 울면서 결혼하지 않겠다느니, 사랑할 수 없다느니, 너무 어리다느니 하며 용서해 달라구! 홍, 그래 결혼하지 않겠다면 할 수 없지. 허나 내 집에서 살 생각은 말아. 나가서 빌어먹든지 말든지 네 맘대로 해. 내가 한 말을 새겨 듣고 차분히 생각해 봐. 절대 농담이 아니까. 곧 목요일이 올 테니, 가슴에 손을 얹고 잘 생각해. 네가 내 자식이라면 널 그 친구에게 주고 말 테니까. 내 자식이 아니거든 나가서 목을 매 죽든 빌어먹다가 굶어 죽든 마음대로 해. 정말이지 절대로 나도 널 자식으로 안 볼 것이고 재산도 한 푼 물려주지 않을 테니. 진담이니 잘 생각해 보란 말이다. 괜한 농담이나 지껄일 내가 아니니까. (퇴장)

줄리엣 하늘도 무심하시지. 이 슬픈 마음을 봐주시는 자비한 신은 저 구름 속에도 안 계시단 말인가? 아, 어머니, 절 구원해 주세요. 한 달만 아니 일주일만이라도 결혼을 연기해 주세요. 정 그러실 수 없다면, 제 신방은 티볼트 오빠가 누워 있는 어두컴컴한 무덤 속이 되고 말 거예요.

캐풀렛 부인 듣기 싫다. 너하곤 더 이상 할 말이 없어. 네 맘대로 하렴. 네게는 이제 두 손 들었다. (퇴장)

줄리엣 오, 하느님! ——오, 유모, 이 일을 어쩌면 좋아? 내 남편은 이 세상에 살고 있고, 내 맹세는 하늘에 한 맹세인데. 그 남편이 세상을 떠나 하늘로 올라가서 맹세를 되돌려 주지 않는 한, 어떻게 그 맹세가 이 세상으로 되돌아올 수 있겠어. 날 좀 도와 줘. 좋은 꾀를 좀 내보라구. 아, 하늘도 무심하시지. 연약한 나에게 이토록 모진 고문을 내리다니! 유모, 뭐라고 말 좀 해봐요. 속이 시원해질 말이 없어? 위안이 될 말 좀 해보라구!

유 모 참, 그렇죠. 로미오 서방님은 추방당했지요. 그러니 세상이 멸망한다 해도 위험을 무릅쓰고 감히 아가씨를 찾으러 오지는 못할 거예요. 설령 온다 해도 남의 눈에 띄면 안 되지요. 그러니 지금 사정으론 아가씨가 백작님과 결혼하는 게 제일 좋은 방법이라우. 오, 그분은 참 멋진 신사지! 그분에다 견주면 로미오는 부엌에 걸린 행주 조각이지 뭐야. 독수리의 눈빛도 그분의 눈빛만큼 푸르고, 민첩하고, 아름답지는 못하다우.

　내 맹세컨대, 이 두 번째 결혼으로 아가씨는 정말 행복해질 거야. 첫 번째보다는 훨씬 근사하니까 말이우. 설령 그렇지 않다 해도 첫 번째 남편은 죽어 버린 거나 마찬가지예요. 살아 있다 해도 아가씨에게 아무런 도움을 줄 수 없으니.

줄리엣 유모, 진정으로 하는 소리야?

유 모 그럼요. 거짓이라면 벼락을 맞게요.

줄리엣 아아멘!

유 모 뭐라구요?

줄리엣 아무것도 아냐. 유모 말을 들으니 정말 속이 시원하군. 이제 가 봐요. 그리고 어머니께 전해. 아버지의 맘을 노염 사게 한 죄를 참회하고 용서받으러 로렌스 신부님께 갔다구.

유 모 암요, 그렇게 전하지요. 잘 생각했어요. (퇴장)

줄리엣 벼락 맞을 할망구! 오, 끔찍하기 이를 데 없는 마귀 같으니! 날 보고 맹세를 어기라구, 더구나 내 낭군님이 제일이라며 수없이 칭찬해 대던 그 입으로 이제 그이의 흉을 보다니 어찌 죄가 안 될까? 가 버려, 이제까진 믿어 왔지만 이제부턴 유모라 할지라도 내 마음을 알려 주진 말아야지. 신부님한테 가서 도움을 청해야지. 달리 길이 없더라도 죽을 힘만은 남아 있어. (퇴장)

제 4 막

제1장 로렌스 신부의 방

*로렌스 신부와 파리스 백작이 등장.

신 부 목요일이라구요? 시일이 매우 촉박하군요.

파리스 캐풀렛 장인 어른이 그렇게 하시겠다는군요. 그리고 나로서는 그 어른이 서두르시는 걸 미룰 만한 이유가 전혀 없구요.

신 부 헌데 신부감의 마음을 알 수 없다 했지요. 거 불안하군요. 좀 걱정이 됩니다.

파리스 티볼트의 죽음으로 인해 너무나도 슬퍼하고 있어 사랑의 얘기를 나눌 기회는 별로 없었어요. 비너스 여신도 슬픔에 잠긴 집에서는 웃지 않는다잖아요. 장인 어른께서는 아가씨가 그렇게까지 슬픔에 빠져 있는 게 위험하다고 생각하고 또한 달의 홍수 같은 눈물을 거두게 하려는 뜻에서 우리의 결혼을 서두르는 것이 좋겠다고 결정하신 겁니다. 혼자서 슬픔을 감당하기보다는 친구라도 생기면 눈물이 거두어질지도 모르잖습니까. 이제 이토록 서두르는 이유를 아시겠죠?

신 부 (방백으로) 차라리 결혼이 미루어져야 하는 까닭을 몰랐더라면 좋았을 걸——저길 보오. 아가씨가 오고 있소이다.

　*줄리엣 등장.

파리스 마침 잘 만났소, 아가씨. 내 아내여!

줄리엣 아마 내가 아내가 될 때나 그렇게 부를 수 있을는지요.

파리스 그 아마가 오는 목요일이면 반드시 가능하게 될 거요.

줄리엣 반드시 가능하다니까 그렇게 되겠지요.

신 부 거 멋진 대답이군.

파리스 신부님께 고해하러 오셨소?

줄리엣 그 말에 대답하면 당신한테 고해해야 되게요?

파리스 날 사랑한다는 걸 신부님께 부인하지 말아요.

줄리엣 당신께 고백하지만 난 신부님을 사랑해요.

파리스 그럼 날 사랑한다는 고백도 분명히 가능할 거요.

줄리엣 한다 하더라도 당신 앞에서 하기보다는 당신 몰래 하는 게 더 가치 있을 거예요.

파리스 가엾게도 당신의 얼굴은 온통 눈물로 얼룩져 있구료.

줄리엣 눈물 때문이라고만은 할 수 없지요. 눈물이 심술을 부리기 전에도 어지간히도 못난 얼굴이었으니까요.

파리스 그건 눈물 이상으로 당신의 얼굴을 모욕하는 말이오.

줄리엣 그건 모욕하는 말이 아니라 사실을 말했을 뿐이예요. 그리고 난 내 얼굴에다 대고 말했어요.

파리스 당신의 얼굴은 내 것이오. 그런데 당신은 그 얼굴을 모욕했소.

줄리엣 그럴 수도 있겠군요. 이 얼굴은 내 것이 아니니까요. 신부님, 지금 한가한 시간인가요? 아니면 저녁 미사 때 뵐까요?

신 부 아니 지금도 괜찮다, 얘야. 백작, 우린 좀 실례해야겠소.

파리스 아, 그러십시오. 신부님의 일을 방해할 생각은 없어요! 줄리엣, 목요일 아침 일찍 당신을 깨우러 가겠소. 그때까지 안녕히. 이 성스러운 입맞춤을 잊지 말아주오. (퇴장)

줄리엣 아, 문을 닫아 주세요! 닫으시거든 이리 오셔서 저와 함께 울어 주세요. 이젠 더 이상 희망도 방법도 수단도 찾을 길이 없어요!

신 부 아, 줄리엣, 난 네 슬픔을 다 알고 있단다. 내 지혜로서도 어찌할 도리가 없는 긴박한 일이로구나. 내가 듣기로 넌 오는 목요일에 백작과 결혼해야 하고 미룰 수도 없다지.

줄리엣 신부님, 이 일을 막을 방법을 알려 주시지 못할 것 같으면, 그 얘기를 들었다는 말일랑은 제발 하지 마세요. 신부님의 지혜로도 어쩔 도리가 없다면, 다만 제 결심이 장하다고만 말씀해 주세요. 이 비수로 당장 모든 일을 마무리 짓겠어요. 하느님은 제 마음과 로미오 님의 마음을, 신부님은 저희의 손을 맺어 주셨어요. 그런데 신부님에 의해 로미오 님께 바쳐진 이 손이 다른 짓을 한다든지, 아니면 제 순정이 딴 마음을 품어 다른 사람에게로 돌아서려 한다면, 차라리 이 비수로 손과 마음을 모두 없애버리겠어요. 그러니 신부님의 오랜 경험을 빌어 제게 어서 좋은 방법을 알려 주세요. 안 그러시겠다면, 자 보세요, 신부님의 연륜과 지혜를 가지고도 마땅한 해결 방법을 찾을 수 없다면 이 잔인한 비수로 제 곤경과 저와의 싸움에 담판을 내 버리고 말겠어요. 어서 말씀해 주세요. 신부님의 말씀으로도 해결할 수 없다면, 죽음만이 남은 해결책이니까요.

신 부 그만 해 둬, 얘야. 나한테 한 가지 희망이 떠오르기는 했는데 말이다. 그건 우리가 막아낼 일이 필사적인 만큼 그 실행에도 필사적인 결심이 필요하다. 파리스 백작과 결혼하느니 차라리 죽어 버리겠다는 용기와 힘이 있을 정도라면, 넌 이번 치욕을 면하기 위해 죽음

비슷한 것도 마다하지 않을 테지. 치욕을 면하는 일이라면 죽음과도 대항하겠다는 너니까 말이다. 그러니 네가 필사적인 결심만 있다면 그 해결책을 가르쳐 주마.

줄리엣 오, 파리스 백작과 결혼하느니 차라리 저기 보이는 탑의 난간에서 뛰어내리는 것이 낫겠어요. 아니면 도둑 소굴로 걸어 들어가라든지, 뱀들이 있는 곳에 숨으라든지, 으르렁거리는 곰한테 절 묶어 주든지, 아니면 덜거덕거리는 송장 뼈다귀랑 누렇게 변색되어 악취가 코를 찌르는 해골로 잔뜩 뒤덮인 납골당 안에 밤마다 절 가둬 버리세요. 아니면 갓 만든 무덤으로 들어가서 죽은 사람의 수의 안에 숨어 있으라고 하든지요. 전에는 이런 소릴 듣기만 해도 벌벌 떨었지만, 이제는 아무런 불안이나 무서움 없이 이 일을 해내겠어요. 사랑하는 그이 앞에 더럽혀지지 않은 아내로 지조를 지킬 수만 있다면 말예요.

신 부 그럼 됐다. 이제 집에 가서 밝은 기색으로 파리스 백작과 결혼하겠다고 얘기해라. 내일은 수요일, 내일 밤엔 혼자 자거라. 유모와 같이 자선 안 된다. 이 약병을 가지고 가서, 잠자리에 들거든 약물을 따라 마시거라. 그러면 당장 네 모든 혈관 속으로 차갑고도 졸리운 기운이 번져 평소 뛰던 맥은 멈추게 될 게다. 하지만 잠시 멈추는 것뿐이지. 체온과 숨결도 산 사람 같지 않을 테고, 붉은 입술과 볼도 시들어 희멀건한 납빛처럼 창백해지고, 죽음이 생명의 빛을 닫아 버리듯 두 눈도 빛을 잃게 될 거야. 사지는 생기를 잃고 굳어져 차디찬 시체처럼 보일 거야. 그렇게 위축된 가사(假死) 상태로 마흔 두 시간을 지낸 다음 상쾌한 잠에서 깨듯 눈을 뜨게 될 거야. 그러니 신랑이 아침에 널 깨우러 와서 보면, 넌 죽어 있는 거지. 그때는 우리의 관습대로 가장 좋은 옷을 입혀 관에는 뚜껑도 닫지 않고 캐퓰렛 조상들이 묻혀 있는 지하 납골당으로 널 운반하게 되지. 그동안 네가 깨어날 시간에 맞추어서 로미오에게 편지로 이 사실을 알려 이리로 오게 해서, 나와 함께 네가 깨어나길 기다렸다가 바로 그날 밤으로 만투아로 떠날 수 있게 해주마. 그러면 넌 지금 당하는 치욕에서 해방될 수 있을 거야. 이 일을 실행하는 데 변덕을 부린다거나 여자의 두려움 따위로 용기가 꺾인다면 이 일은 성공할 수 없다.

줄리엣 그럼 어서 그 약을 주세요, 어서요! 오, 제 앞에서 여자의 두려움 따위는 거론하지 마세요.

신 부 그래 좋다! 그렇다면 가지고 가는데, 마음을 단단히 먹어야 한다. 난 재빨리 신부 한 분을 만투아로 보내, 네 낭군한테 편지를 전하도록 할 테니.

줄리엣 사랑아, 내게 힘을 다오! 힘만 있으면 얼마든지 해낼 수 있으니 말야. 그럼, 안녕히 계세요, 신부님. (퇴장)

제2장 캐풀렛 가

*캐풀렛, 캐풀렛 부인, 유모 그리고 두세 명의 하인 등장.

캐풀렛 여기 적혀 있는 대로 손님들에게 초대장을 돌려라. (하인 퇴장) 여봐라, 너는 가서 일류 요리사를 스무 명쯤 구해 오너라.

하 인 어설픈 놈은 한 놈도 데려오지 않겠습니다요, 나리. 손가락을 빨 줄 아는지 시험해 보고 데려옵죠.

캐풀렛 그 걸로 어떻게 알 수 있다는 거냐?

하 인 글쎄올시다, 나리. 제 손가락도 빨지 못하는 놈이라면 형편없는 솜씨를 지녔겠지요.

캐풀렛 좋다, 다녀오너라. (하인 퇴장) 이번에는 어째 준비가 엉성한 것 같군. 그래 딸애가 로렌스 신부님께 갔다구?

유 모 예, 그렇습니다.

캐풀렛 글쎄, 신부님이라면 잘 좀 타일러 주실지도 모르지. 고집불통인 데다 불효막심한 것 같으니!

*줄리엣 등장.

유 모 저기 좀 보세요. 고해를 마치고 돌아오는 아가씨의 안색이 아주 밝군요.

캐풀렛 이제 좀 어떠냐, 이 고집쟁이야. 어딜 쏘다니다 오는 거냐?

줄리엣 아버님의 명령을 거역한 죄를 뉘우치고 이렇게 엎드려 용서를 빌라는 로렌스 신부님의 가르침을 받고 왔어요. 제발 절 용서해 주세요! (무릎을 꿇으며) 이제부터는 아버님의 뜻을 거역하지 않겠어요.

캐풀렛 백작에게 사람을 보내 이 사실을 알리도록 해. 내일 아침이라도 식을 올려야겠다.

줄리엣 로렌스 신부님의 방에서 백작님을 만나 뵈었어요. 그래서 그분께 정숙함이 지나치지 않을 정도로 적당히 애정을 표시했어요.

캐풀렛 그래? 거 참 잘했다, 잘했어. 일어나거라. 그게 도리고말고. 곧 백작을 만나 봐야겠군. 아, 저런, 어서 가서 그분을 여기로 모셔 오라니까. 정말이지, 우리 모두가 그 성스러운 신부님으로부터 얼마나 많은 은혜를 입고 있는지 몰라.

줄리엣 유모, 함께 내 방에 가서 내일 내게 가장 잘 어울릴 옷차림을 골라 주지 않겠어?

캐풀렛 부인 아니야, 그건 목요일에 해도 돼. 시간은 충분하니까.

캐풀렛 가 봐요, 유모, 그애와 같이. 내일 교회에 가야 할 테니까. (줄리엣과 유모 퇴장)

캐풀렛 부인 준비가 부족하지 않을까 염려돼요. 벌써 날이 저물었는데.

캐풀렛 염려 말아요, 내가 서두르니 모든 게 다 잘 될 거요. 당신은 줄리엣한테나 가서 치장하는 걸 거들어요. 난 오늘 밤은 안 잘 거요. 난 상관하지 말고. 이번만은 내가 주부 노릇을 해볼 테니까. 여봐라!

아니 모두들 나갔구만. 그럼 내가 직접 파리스 백작한테 가서 내일 일
을 준비해 놓으라고 해야겠군. 기가 막히게 기분이 좋구료. 고집불통
딸년이 이렇게 마음을 돌리다니 말이오. (퇴장)

제 3 장   줄리엣의 방

*줄리엣과 유모 등장.

줄리엣 아, 그 옷이 제일 괜찮군. 헌데 유모, 오늘 밤은 나 혼자 있게 해줘. 유모도 알다시피 변덕스러운 성격에 죄 많은 몸이니, 하느님의 용서를 받으려면 이밤이 다하도록 기도를 올려야 할 테니.

*캐풀렛 부인 등장.

캐풀렛 부인 오, 그래, 바쁘지? 내가 거들어 줄 것은 없겠니?

줄리엣 됐어요, 어머니. 내일 필요한 건 다 갖추어 놨어요. 그러니 안심하시고, 이제 절 혼자 있게 해주세요. 그리고 오늘 밤엔 유모를 어머니가 데리고 계세요. 일이 워낙 갑작스러워서 거들 일손이 많이 필요할 테니까요.

캐풀렛 부인 그래, 그럼 잘 자거라. 침대에 누워 쉬도록 하렴. 푹 쉬어야 한다. (캐풀렛 부인과 유모 퇴장)

줄리엣 안녕! 언제나 다시 만나는지. 싸늘한 두려움이 내 혈관 속까지 오싹하게 하네. 마치 생명의 열기를 얼어 붙게 할 것 같아. 날 위로해 달라고 어머니와 유모를 다시 부를까. 유모——유모가 지금 무슨 소용이 있어? 이 무섭고도 두려운 일은 나만이 감당해야 하는 거야. 자 이리 오렴, 유리병아. 헌데 이 약이 제 구실을 하지 못하면 어쩌지? 그럼 내일 아침 결혼을 해야 된단 말인가? 안 돼, 안 되고 말고! 그땐 이게 막아 줄 거야. 넌 여기 있거라. (단도를 내려놓는다) 만약 이 약이 신부님께서 날 죽이려고 몰래 제조한 독약이라면 어쩐담? 신부님이 이미 날 로미오와 결혼시켰으니, 이번 결혼으로 인해 욕을 보지 않으려는 속셈으로 말야. 걱정인데, 하지만 아마 그럴 리야 없을 거야. 오늘날까지 성직자로 몸 담아 오신 분인데, 이따위 나약한 생각일랑은 말아야지. 하지만 내가 무덤 속에 누워 있는데, 로미오 님이 날 구하러 오기도 전에 깨어나면 어쩐담? 아이구 무서워라! 그럼 납골당 속에서 질식해 죽는 것은 아닐까? 그 음산한 입구로는 신선한 공기도 통하지 않는다던데, 로미오 님도 오기 전에 질식해 죽어 버린다면? 아니, 살아난다 해도 그곳은 그 무시무시한 장소와 어울리는 소름끼치는 죽음의 분위기가 아닐까——죽어서 묻힌 조상들의 뼈가 수백 년 간이나 보관되어 있는 납골당 속이니 말야. 그곳엔 아직 죽은 지 얼마 되지도 않은 피투성이의 티볼트가 수의 안에서 썩고 있고, 더구나 밤에는 때때로 귀신들이 울부짖지 않던가——아, 무서워라. 내가 눈을 너무 일찍 눈을 뜨면——역겨운 냄새랑, 살아 있는 사람이 그 소리만 들어도 미치게 된다는, 저 흰독말풀이 땅에서 뽑힐 때 나는 외마디 소리 같은 비명 때문에 말야 ——오, 그래서 내가 깨어나게 된다면, 이런 온갖 두려운 공포에 둘러싸여 미쳐 버리는 것은 아닐까. 그래서 조상님들의 뼈를 들고 미친 듯이 흔들며, 토막난 티볼트를 덮어 놓은 수의를 벗겨 버리기도 하고, 광란에 사로잡혀 어느 먼 조상님의 뼈를 몽둥이 삼아 절망에 빠진 내 머리를 신나게 두들겨 패지나 않을는지? 아, 저것 좀 봐! 로미오 님의 칼끝에 찔린 사촌오빠의 망령이 그이를 찾고 있나 봐. 그만둬요, 티볼트. 그만두란 말예요! 로미오 님, 제가 곧 갈께요. 이걸로 당신께 축배를. (줄리엣이 약물을 마시고 커튼으로 가려진 침대 위에 쓰러진다)

제 4 장 캐풀렛 가의 홀

*캐풀렛 부인과 유모 등장.

캐풀렛 부인 잠깐만! 유모, 이 열쇠를 가져가서 모자란 양념을 더 가
져오도록 하게나.

유 모 부엌에선 대추랑 은행을 가져오라는데요.

*캐풀렛 등장.

캐풀렛 자, 어서 어서 서두르라구! 두 번째 닭도 울었고, 새벽종도 울
렸어. 벌써 세 시라구. 이봐 안젤리카, 구운 고기 좀 잘 봐. 비용은
아끼지 말고.

유 모 나리는 아무 간섭 마시고 어서 가셔서 좀 주무시라구요! 정말
이지 이렇게 밤을 새우시면 내일은 몸살이 나고 말 거예요.

캐풀렛 천만에, 그렇잖아. 뭐, 이보다 덜한 일이긴 했지만 전에도 밤
샘을 했어도 아무런 지장이 없었다구.

캐풀렛 부인 그래요, 당신도 한창 때는 예쁜 계집 꽁무니나 쫓아다녔

지요. 하지만 이제 그런 밤샘이라면 내가 밤새워 감시할 거예요. (캐풀렛과 부인과 유모 퇴장)

캐풀렛 원, 저런 질투심 많은 여편네 좀 보게나! (하인 서너 명이 쇠꼬챙이와 장작 그리고 바구니를 들고 등장) 이봐, 그건 뭐지?

하인 1 뭔지는 잘 모르겠지만 요리사가 쓸 것이라는 데요.

캐풀렛 어서 서둘러, 어서. (하인 1 퇴장) ——여봐라, 바싹 마른 장작을 가져와. 피터를 불러라. 장작이 있는 데를 그 놈이 알고 있으니까.

하인 2 저도 그만한 지혜는 있으니 장작을 찾을 수 있습니다. 이런 일로 피터를 부를 것까진 없잖습니까, 나리.

캐풀렛 오, 말 한번 잘했다. 웃기는 녀석 같으니라구, 허허! 이런 통나무 대가리 같은 놈 좀 보겠나. (하인 2 퇴장) 이런, 벌써 날이 밝았군. 백작이 악대를 이끌고 온다고 했으니 곧 올 것 아닌가. (음악이 울린다) 아니, 벌써 오는 모양인데. 유모! 여보, 부인! 여봐라! 아니, 유모는 어디 있는 거야! (유모 등장) 가서 줄리엣을 깨우고 새 옷으로 치장시키라구. 난 가서 파리스 백작을 맞을 테니까. 어서, 빨리 서둘러구, 어서, 어서! 신랑은 이미 도착했다구. 어서 서둘라니까, 원 참. (퇴장)

제5장 줄리엣의 방

유 모 아가씨! 저, 줄리엣 아가씨! 잠이 깊이도 들었군. 자, 우리
착한 아가씨! 아가씨! 쳇, 요 잠꾸러기 처녀야! 내 말이 들리지도
않아? 아가씨! 예쁜이! 자, 새색시님! 아니, 한마디도 안 하긴가
요? 오, 이제 조금이라도 더 자 두자는 속셈이로군! 일주일 치를 몽
땅 자 두구료. 내일 밤에 파리스 백작이 단단히 결심하고 아가씨를 한
잠도 못 자게 하면 아가씨는 쉴 틈이 없을 테니. 하느님 제 입담을 용
서하소서! 건 그렇구, 저런, 잠이 너무 깊이 들었구만! 하지만 깨워
야 되겠어. 아가씨, 아가씨, 아가씨! 에이, 백작님더러 아가씨를 침
대에서 안아 가라구 할까요? 그럼 틀림없이 깜짝 놀라 일어날 거야.
그렇지 않수? (커튼을 젖힌다.) 아니, 새 옷을 입고 있잖아. 치장을 끝
내고 다시 드러누운 건가? 하지만 깨워야겠어. 아가씨! 이봐요, 아
가씨! 아이구머니나! 사람 살려, 게 누구 없어요? 아가씨가 죽었다

우! 원 세상에! 아, 생명수를! 나으리! 마님!

　　*캐풀렛 부인 등장.

캐풀렛 부인 왜 이렇게 야단 법석인가.

유　모 아이구, 애통해라.

캐풀렛 부인 무슨 일이야?

유　모 저것 좀 보세요, 줄리엣 아가씨가! 아이구, 이 무슨 변이람!

캐풀렛 부인 아니, 아니! 내 자식이, 이럴 수가! 깨어나거라, 얘야
눈을 떠! 뜨지 않으면 나도 너를 따라가겠다. 사람 살려, 사람 살려
요! 어서 사람을 불러와.

　　*캐풀렛 등장.

캐풀렛 원, 창피도 이만저만 해야지. 어서 줄리엣이나 데려와요. 신랑
이 벌써 와 있다구.

유　모 아가씨가 죽었어요, 아가씨가 죽었어. 죽었단 말예요!

캐풀렛 뭐라구? 어디 좀 보자. 아이구, 이 일을 어째! 차디차군!

캐풀렛 부인 아이고! 우리 딸이 죽었어요. 죽었다구요! 피도 멈추고
사지가 **빳빳해**. 입술에도 생기가 떠난 지 오래야. 온 들판에서 가장 향
기로운 한 송이 꽃에 느닷없이 죽음의 서리가 내렸구만.

유　모 아이구, 애통해라.

캐풀렛 부인 내 딸을 데려가고 날 비탄에 빠뜨린 죽음이 내 혀마저 묶
어 말을 막아 버리는구나.

　　*로렌스 신부와 파리스 백작 그리고 악사들이 등장.

신　부 자, 색시가 교회로 떠날 준비는 다 되었소?

캐풀렛 갈 준비는 다 되었지만, 다시는 못 돌아오게 되었소이다. 오,
사위! 결혼식 전날 밤 죽음의 신이 시샘하여 자네 아내하구 동침했네
그려. 저길 보게, 그애가 누워 있잖은가. 꽃 같은 우리 딸애를 죽음이

데려갔다네. 죽음이란 놈이 내 사위라네. 죽음이란 놈이 내 상속잘세, 내 딸년은 그놈과 결혼했으니까. 나도 죽어 버려 모든 걸 놈한테 물려 주려네. 목숨이건, 재산이건, 모두 죽음이란 놈 차지란 말일세.

파리스 그토록 간절히 오늘 아침을 기다렸건만, 이런 일이 일어 나다니.

캐풀렛 부인 저주받은 불행한 날이야, 비참하고 흉측한 날 같으니! 흐르고 흐르는 세월 중 가장 서러운 순간이로구나! 가엾은 것, 이루 말할 수 없이 사랑스러운 단 하나뿐인 자식, 단 하나의 희망인 그애를 잔인한 죽음이 내 눈앞에서 빼앗아 가다니!

유 모 아이구, 서러워라! 아이구, 애통해. 슬프기 짝없는 날이야! 비통하기 이를 데 없는 날이자 제일 원통한 날이야! 내 생전 이런 꼴을 보게 되다니. 오, 흉측스러운 날이야! 오늘같이 불행한 날은 난생처음이야. 아이구, 원통하고도 서러워라. 정말이지 애통해!

파리스 속고, 버림받고, 수모받고, 미움받아 죽었구료! 세상에 둘도 없이 몰인정한 죽음아! 네게 속았어, 잔인하기 그지없는 네놈 때문에 폭삭 망해 버렸어! 오, 생명 같은 내 사랑! 생명없이 죽어 있는 내 사랑이여!

캐풀렛 멸시받고, 고통받고, 미움받고, 희생되어 죽었구나! 인정머리 하나 없는 이 시간놈아, 하필이면 왜 지금 찾아와서 잔치를 망쳐 놓는 거냐? 아이구, 내 자식! 내 자식아! 널 희망으로 여기며 살았는데, 이젠 내 자식이 아니란 말이냐! 넌 죽었구나, 죽었어! 아이구, 내 자식이 죽었어, 내 자식과 함께 내 기쁨도 장사되어 버리는군.

신 부 이제 그만 진정하시오. 보기 흉하잖소. 이렇게 소란을 피운다고 해서 다시 살아 오는 것도 아니잖소. 이 아름다운 처녀는 하느님과 당신의 공동소유였소. 그런데 이제 모든 것을 하나님이 맡아 가셨으

니, 처녀에게는 도리어 더 잘된 일이라오. 이 아이한테 있던 당신의
몫은 죽음에게 뺏길 수밖에 없어요. 하지만 하느님의 몫은 영원한 생
명 속에 살아 있답니다. 당신의 희망은 딸애의 행복이었소. 말하자면
이 아이가 잘되는 게 당신의 천국이었지요. 그런데 이제 따님이 구름
위로, 하느님이 계신 그곳까지 높이 올라간 걸 보고도 당신은 울고 있
단 말이오? 따님이 잘된 걸 보고도 울고불고 날뛰다니, 그런 애정은
진정한 애정이 아닙니다. 오, 그걸 사랑이라 하시겠소? 결혼해서 오
래 사는 여자가 결혼을 잘한 것이 아니라, 결혼하고 젊어서 죽는 여자
가 결혼을 제일 잘한 거라오. 이제 눈물을 감추고 이 고운 시체에다
로즈메리꽃으로 장식해요. 그리고 관습대로 제일 좋은 옷을 입혀서
교회로 옮기시오. 치우친 감정으로 인해 우리 모두 슬픔에 젖어 있지
만, 감정의 눈물은 이성의 웃음거리에 불과하다오.

캐퓰렛 잔치에 쓰려고 준비해 둔 것이 뜻밖의 일로 인해 죄다 암울한
장례식에 쓸 것이 되었구료. 흥겨운 음악 소리는 서글픈 종소리로, 혼
인 잔치는 구슬픈 장례식으로, 결혼 축가는 서러운 장송곡으로, 혼례
때 쓸 꽃은 매장할 시체에다 뿌리게 되다니, 모든 것이 뒤바뀌고 마는
구료.

신 부 자, 안으로 들어가시오. 마님도 함께. 파리스 백작도 들어가시
오. 모두 이 고운 시체를 따라 무덤으로 갈 준비를 하오. 분명 뭔가
잘못했기에 하느님께서 노하신 겁니다. 더 이상 하느님의 뜻을 거역
해선 안 되지요.

*악사들과 유모를 남겨 놓고 모두 퇴장.

악사 1 그럼 우린 악기를 챙겨 그만 돌아가야겠소.

유 모 아이구, 이 양반들아. 집어 넣어요, 집어 넣어! 당신네들도 잘
알다시피 이렇게 딱한 입장이 되어 버렸으니 말이오.

악사 2 글쎄, 입장쯤이야 바꿀 수 있는 거 아니겠소?

　*피터 등장.

피 터 오, 여보게, 「마음 편히」라는 곡 좀 들려주게나. 거 왜 「마음 편히」라는 곡 있잖나. 날 살리는 셈 치고 「마음 편히」를 좀 들려달 라구.

악사 2 왜 하필 「마음 편히」라는 곡인가?

피 터 글쎄, 지금 내 심정으론 「내 마음은 슬픔으로 가득하네」를 연 주하고 있단 말일세. 오, 그러니 뭐 신나는 걸로 해서 날 좀 달래 달 라구.

악사 1 아무것도 해줄 수가 없소. 지금은 연주할 계제가 아니란 말 야.

피 터 그럼 연주를 들려줄 수 없단 말인가?

악사 1 이런 분위기에서 무얼 할 수 있겠소.

피 터 그럼 실컷 먹여 줄 게 있지.

악사 1 뭘 먹여 주겠다는 거야?

피 터 돈은 절대 아니고, 실은 조롱 말이다. 이 떠돌이 딴따라 패야.

악사 1 아니, 이 환장한 머슴놈 좀 보게나.

피 터 좋다, 어디 머슴 놈의 칼로 한 대씩 맞아 보겠나. 내겐 악보는 없지만, 이 칼로 네놈 대가리에다 대고 뚱땅 소리가 나게 쳐 주마. 알 겠냐?

악사 1 네놈이 뚱땅 소리나게 치면, 네놈은 우릴 알아보겠지.

악사 2 이봐, 칼일랑 저리 치우고 말솜씨로나 붙어 보시지 그래.

피 터 그럼, 말솜씨로 해보자! 쇠칼은 집어넣고, 쇠칼처럼 날카로운 말솜씨로 널 한껏 두들겨 패주지. 대장부답게 받아 보라구.

> 쥐어짜는 슬픔으로 가슴은 쓰라리고
> 구슬픈 설움은 마음을 누르는데
> 은방울 소리 같은 음악은——

  하고 많은 소리 중에 왜 하필이면 '은방울 소리'이지? 어디 말해 보시지, 깡깡이 양반아?
악사 1 그야, 은(銀)이 멋진 소릴 내니까 그렇지.
피 터 제법이군! 그럼, 삼현금 선생, 자네는?
악사 2 연주를 마치면 악사들은 은전을 받게 되니 '은방울 소리'겠지.
피 터 그 또한 제법이야! 그럼 나팔 선생은 뭐라 말할 텐가?
악사 3 글쎄, 난 할 말이 없는데.
피 터 아이구, 그거 참, 안 됐는걸. 자넨 참, 소리장이지. 내 자네 대신 말해 주지. 왜 '은방울 소리 같은 음악'인고 하니, 그건 말야, 악사들이 아무리 명연주를 해도 금화를 못 얻으니까 그렇지.

> 은방울 소리 같은 음악에
> 단번에 풀리는 분함이여. (퇴장)

악사 1 아니, 저런 빌어먹을 놈 같으니!
악사 2 이봐, 저런 놈은 죽여 버려야 해. 자, 우리도 안으로 들어가세. 그래 문상객들이 올 때까지 기다리다 한 상 얻어먹고 가자구. (퇴장)

제5막

제 1 장 만투아의 거리

*로미오 등장.

로미오 달콤한 꿈을 믿어도 좋다면, 내 꿈은 필시 반가운 소식의 예고 편이 될 것 같구나. 이 가슴의 주인인 사랑의 신이 옥좌에 사뿐히 앉았지. 그래 하루 종일 묘한 느낌에 둘러싸여 어울리니 둥실둥실 떠다니는 기분이야. 꿈에 내 아내가 와서 내가 죽어 있는 걸 보고――죽은 사람한테 생각할 여유를 주다니 꿈도 참 이상하지! ――내 입술에 키스해 생명을 불어넣어 주므로 나는 다시 소생하여 황제가 되는 꿈이었어. 아! 사랑의 그림자만으로도 이렇게 황홀한데, 사랑하는 사람을 만나면 얼마나 달콤할까! (로미오의 하인 밸서자가 승마화를 신고 등장) 베로나에서 소식이 왔군! 어쩐 일이냐 밸서자? 신부님의 편지는 안 가져왔느냐? 내 아내는 어떻더냐? 아버님은 안녕하시고? 내 줄리엣은 어떻게 지내고 있지? 다시 묻지 않느냐? 내 사랑하는 아내만 잘 있다면 무슨 걱정이 있겠니.

빨서자 예, 아가씨만 무사하다면 나쁠 일이 하나도 없지요. 아가씨의 몸은 캐풀렛 선산에 잠들어 있고, 영혼은 천사들과 함께 계시죠. 전 아가씨가 조상의 묘에 고이 안치되는 걸 보고는 서방님께 알리려, 당장 역마(驛馬)로 쉴 새 없이 달려왔습니다요. 이렇게 흉한 기별을 전하게 되어 죄송스럽기 짝이 없습니다만, 이게 다 서방님께서 제게 맡기신 임무니 어쩌겠습니까요.

로미오 그게 정말이냐? 운명의 별들아, 어디 덤빌 테면 덤벼 봐! 너 내 숙소를 알고 있지. 가서 잉크와 종이를 가져와라. 그리고 역마도 몇 마리 준비해 두고. 오늘 밤 안으로 떠나야겠다.

하 인 서방님, 제발 고정하시지요. 안색이 창백하고 흥분해 계시니 무슨 흉한 일이 생길까 두렵습니다.

로미오 칫, 잘못 봤다. 가서 내가 시킨 대로나 해. 신부님의 편지는 없단 말이지?

하 인 없습니다, 서방님.

로미오 됐다. 어서 가서 말이나 구해 놓거라. 나도 곧 따라가마. (빨서자 퇴장) 그럼 줄리엣, 오늘 밤 나도 당신 곁에 누우리다. 어디 방법을 모색해 봅시다. 오, 심술궂은 악마란 놈, 재빨리도 절망한 사람의 머리 속으로 들어오는구나! 약방 영감이 이 근방에 거처하나 본데, 누더기 옷에다 툭 튀어나온 이마에 약초를 캐고 있는 걸 본 적이 있지. 몸은 보잘것없이 엉성한 데다, 헤아릴 수 없는 고통이 늙은이 뼛속까지 파고드는 것 같았지. 가게는 궁상맞게도 거북이 등껍질이 벽에 널려 있고, 박제한 악어랑 보기 흉한 생선 껍질들로 어지럽혀져 있었어. 그리고 선반 위에는 궁핍해 보이는 빈 상자들이랑 푸른 흙단지들, 물고기 부레, 곰팡이 핀 씨앗, 포장끈 나부라기, 오래되어 바싹 마른 장미 꽃잎들이 이곳저곳 흩어져 있어, 간신히 약방 행색은 갖추고 있었지. 그렇게 궁상맞은 꼴을 보고 난 이렇게 생각했지.

'만투아에서는 독약을 팔면 곧 사형에 처한다지만, 만일 지금 누가 독약을 필요로 한다면 저 가난뱅이 영감은 그걸 팔 거다'라고 말이야. 아, 그러고 보니 곧 내가 필요로 할 걸 예언한 격이 아닌가. 어쨌든 그 가나뱅이 늙은이보고 꼭 팔라고 해야겠군. 이 집이 틀림없어! 이런 거지같은 가게도 휴일이라 문이 닫혀 있군.

이봐요! 약방 영감!

＊약방 영감 등장.

약방 영감 거 누구요? 그렇게 큰소리로 불러 대는 이가?

로미오 이리 좀 나와 보시오, 영감. 아무래도 영감은 좀 궁핍한 것 같은데, 자, 여기 사십 두카도(1400년대후이탈리아에서주조한 금화로 유럽 제국에서 통용되었음)를 줄 테니 독약을 좀 주오. 먹기만 하면 금세 온 혈관에 퍼져, 마치 불 당긴 화약이 백발백중하는 대포 뱃속에서 맹렬히 솟구치듯 당장에 온몸의 호흡을 걷어 가 버려서, 살기에 지쳐 버린 날 금방 쓰러뜨려 줄 독약을 말이오.

약방 영감 그렇게 치명적인 독약이 있기는 하오만, 그걸 파는 사람은 만투아에서는 사형에 처한답니다.

로미오 영감은 그토록 궁색하고도 비참하게 살면서도 죽는 걸 두려워한단 말이오? 영감의 양 볼은 굶주림으로 움푹 패여 있고, 두 눈에는 궁상과 고난이 배고파 허덕이는 데다, 등짝에는 고통과 가난의 짐을 지고 있소. 세상은 당신의 편이 아니오. 세상의 법 또한 그렇다오. 이 세상에는 당신을 부자로 만들어 줄 법이 없지 않소. 그러니 법 따위는 무시해 버리고 가난에서 벗어 나시오.

약방 영감 받기는 하겠소만, 가난 탓이지 내 뜻은 아니라오.

로미오 나 또한 당신의 가난한테 돈을 치르는 거지, 당신의 뜻한테 치르는 건 아니오.

약방 영감 이걸 물에 타서 마셔요. 그럼 당신이 장정 스무 명을 당해
낼 장사라 해도 당장에 뻗어 버릴 거요.

로미오 자, 돈을 받으시오——사실 돈이란 사람의 영혼을 더럽히는
독이오. 이 더러운 세상에서 당신이 파는 이 무서운 독약보다도 더 숱
한 살인을 저지르니 말이오. 내가 당신한테 독약을 판 것이오. 당신은
내게 아무것도 팔지 않았다오. 잘 있으시오. 음식을 사서 몸에 살도
좀 찌우구료. 자, 이제 넌 독약이 아니라 감로주란다. 나와 같이 줄리
엣의 무덤으로 가자꾸나. 거기 가서 널 써야 할 테니까. (퇴장)

제 2 장 베로나──로렌스 신부의 방

*존 신부가 등장해서 로렌스 신부를 찾는다.

존 신부 프란체스코 수도회의 형제 신부님, 어디 계시오!

*로렌스 신부 등장.

로렌스 신부 이건 존 신부님의 음성인데. 만투아까지 수고 많으셨소. 그래 로미오는 뭐라든가요? 아니 그의 마음을 편지로 전해 주었다면, 이리 주오.

존 신부 실은 같은 수도회에 속하는 맨발 벗은 신부 한 분과 동행할까 해서 찾아 나섰는데, 때마침 그분을 시내의 어느 환자를 문병 온 자리에서 만났지요. 헌데 때마침 시의 검역관이 우리 둘 다 역병이 퍼진 집안에 있었다고 문을 봉쇄해 버리고는 우릴 내보내 주지 않지 뭡니까. 그래서 만투아에는 갈 수가 없었답니다.

로렌스 신부 그럼 로미오에게 전해 줄 편지는 어느 인편에 붙쳤소?

존 신부 편지를 보낼 수도 없었고, 또한 신부님께 되돌려 줄 심부름

꾼도 찾지 못해 제가 직접 여기로 가져왔답니다.

로렌스 신부 이 일을 어쩌면 좋은가! 그 편지는 아주 소중하고도 중대한 내용이 돼놔서, 소홀히 한다면 매우 위험한 일이 벌어질지도 모른다오. 존 신부, 어서 가서 쇠지레 하나를 구해 바로 내 방으로 갖다 주오.

존 신부 예, 곧 구해다 드리지요. (퇴장)

로렌스 신부 그럼 이제 나 혼자서라도 무덤으로 가 봐야겠구나. 이제 세 시간 만 지나면 줄리엣이 깨어날 텐데. 로미오한테 이 사실을 전하지 않았다는 걸 알면 줄리엣은 날 몹시 원망할 거야. 아무튼 만투아엔 다시 편지를 보내기로 하고 로미오가 올 때까지 줄리엣을 내 방에다 숨겨야겠어. 가엾은 산송장이로구나, 진짜로 죽은 송장들의 무덤 속에 갇혀 있다니! (퇴장)

제 3 장 캐풀렛 가의 묘지

*파리스 백작과 그의 시종이 꽃다발과 횃불을 들고 등장.

파리스 얘야, 횃불은 날 주고 너는 저만큼 물러가 있거라. 아니, 횃불
은 꺼버려. 남의 눈에 띄면 귀찮으니. 저기 저 상록수 아래 엎드려 움
푹 꺼진 땅바닥에다 귀를 바짝 대고 있거라. 그러면, 무덤을 판 뒤라
땅이 푸석푸석하고 단단치 않아서 묘지를 밟는 발자국 소리를 들을
수 있을 게다. 무슨 소리가 들리면 그 신호로 즉시 휘파람을 불어라.
그 꽃다발은 내게 주고. 내가 시킨 대로 하고, 이제 가 보거라.

시 종 (방백으로) 이런 묘지에서 혼자 있어야 하다니 겁이 더럭 나는
데. 그래도 어쩔 수 없지. (퇴장)

파리스 향기로운 꽃 같은 아가씨, 당신의 신방에다 꽃을 뿌려 드리리
다──오, 슬프구료! 이건 흙과 돌의 천장이 아닌가. 내 밤마다 와
서 그대 위에 향수를 뿌려 드리리다. 아니, 그것도 모자라면 한숨으로
뿜어 낸 눈물이라도 드리리다. 내 그대를 위한 애정의 표시로 이렇게

밤마다 찾아와 꽃을 뿌리며 눈물을 흘리리라. (시종이 휘파람을 분다)
휘파람을 부는 걸 보니, 누가 오는가 보군.

웬 빌어먹을 놈의 발목이람? 오늘 밤 이 근처를 어슬렁거려 내 진
실한 사랑에 찬 장례식을 훼방놓다니. 아니, 횃불까지 들고 있잖아?
밤의 장막이여, 잠시만 나를 감춰다오. (퇴장)

　＊로미오와 밸서자가 횃불, 곡괭이, 쇠지레를 들고 등장.

로미오　그 곡괭이와 쇠지레는 날 주고, 이 편지를 가지고 가 내일 날
이 밝거든 아버님께 전하거라. 자, 횃불을 다오. 거듭 부탁하지만, 네
가 뭘 보고 듣든 내가 하는 일에 간섭 말고 멀리 떨어져 있거라. 내가
이 죽음의 침상으로 들어가는 까닭은 그건 내 아가씨의 얼굴을 보자
는 이유도 있지만, 사실은 아가씨의 손가락에서 보석 반지를 빼내려
는 거야——그걸 중요하게 써야 할 데가 있거든. 그러니, 넌 이제 물
러가 있어. 하지만 만약에 내가 하는 일이 궁금해서, 내가 뭘 하나 하
고 엿보러 돌아오는 날엔 맹세코 네놈을 사정없이 찢어, 이 굶주린 묘
지 주변에다 뿌려 놓고 말겠다. 때마침 캄캄한 밤중인데다 내 맘도 잔
인하기 이를 데 없는 굶주린 호랑이나 뒤끓는 바다보다 더 냉정하고
흉악하니 말이다.

밸서자　예, 저는 이만 물러갑지요. 절대 훼방놓지 않겠어요.

로미오　음, 그래야지. (돈 주머니를 건네 주며) 받아. 가서 잘살거라.
자, 그럼 가봐.

밸서자　(방백으로) 말씀은 저렇게 하시지만, 이 근처에 숨어 있어야겠
어. 안색도 창백하고, 어쩐지 행동도 수상해. (퇴장)

로미오　너, 이 밉살스러운 목구멍아, 이 죽음의 배때기 같은 놈아. 세
상에서 제일 가는 진미를 집어삼키다니. 하지만 네놈의 썩어빠진 아
가리를 억지로라도 벌려서 원한으로 더 많은 음식을 처넣어 주마.

(로미오가 무덤 뚜껑을 연다)

파리스　아니, 저놈은 흉악하기 그지없는 추방당한 몬테규 자식 아닌가. 내 애인의 사촌을 죽여서, 그 슬픔을 이기지 못한 내 애인이 죽게 된 거란 말야. 그런데 그것도 모자라 시체에다 대고 치욕을 안겨 주려 하다니, 저놈을 붙잡아야지. 멈춰라, 이 죄 많고 악독한 몬테규 놈아! 시체에까지 복수할 셈이냐? 천벌을 받을 이 악당 놈아, 널 체포하겠다. 잠자코 따라와, 이 죽일 놈아.

로미오　그렇소, 사실 죽어야 할 몸이기에 여기 온 거라오. 이보오, 점잖은 양반. 댁도 신사니 사람일랑 건드리지 말고 어서 날 피해 가 주구료. 이 송장들을 봐요. 무섭지도 않소? 제발 부탁이니, 젊은이, 날 성나게 해서 내 머리에다 또 한 가지 죄를 더 씌우지 말아 주오. 오, 어서 가란 말이오! 맹세코, 난 내 몸보다 당신을 더 아낀다오. 내 몸을 죽이러 여기 온 나란 말이오. 주저하지 말고 어서 가시오. 살아서 나간 뒤에 말하구료. 미치광이가 베푼 자비 덕택에 무사히 피해 나왔다고 말이오.

파리스　그따위 얼토당토한 소릴랑 집어치워. 널 중죄인으로 당장에 체포하겠다.

로미오　기어이 내 부아를 돋울 셈인가? 그럼, 자 받아라, 이놈아!

(둘이 싸운다)

시 종　아이구, 싸움이 벌어졌네! 가서 야경꾼을 불러와야겠군. (시종 퇴장. 파리스가 쓰러진다)

파리스　어이구, 내가 당했구나! 네놈에게도 인정이 남아 있다면, 무덤 뚜껑을 열고 날 줄리엣 곁에다 눕혀다오. (죽는다)

로미오　오냐, 그렇게 해주지. 헌데 어디 낯짝 좀 보자. 아니, 이건 머큐쇼네 일가 파리스 백작이 아닌가! 아까 말을 타고 오면서 내 하인

놈이 뭐라고 했더라? 마음이 심란해 하인놈이 하는 말을 귀 기울여 듣지 않았는데. 아마 파리스 백작이 줄리엣과 결혼한다고 그랬던가? 아니면 내가 그렇게 꿈을 꾸고 있는 건가? 혹 내가 미쳐서, 줄리엣 얘기를 듣고 그렇게 생각한 건가? 오, 여보시오, 나와 악수합시다. 당신도 나처럼 얄궂은 불행의 명부에 올라 있는 사람이구료! 영광의 무덤에다 묻어 드리리다. 무덤이라고? 오, 아니지, 빛나는 탑이라오. 쓰러진 젊은 양반. 여기 줄리엣이 누워 있으니, 그녀의 아름다움은 이 무덤 속을 밝고 찬란한 향연의 대궐로 만들고 있소. 고인이시여, 곧 죽을 사람이 당신을 묻어 주는구료. 자, 고이 잠드시오. (무덤 안에 그를 눕힌다) 사람들은 죽기 직전에는 흔히들 명랑해진다고 하지 않던가! 그래서 임종을 맞은 사람들은 그런 걸 임종시의 섬광이라 부른다지. 오, 내 어찌 이걸 섬광이라 부를 수 있단 말인가? 오, 내 사랑! 내 아내여! 당신의 달콤한 숨결을 빨아 먹은 죽음의 신도 아직 당신의 아름다움에는 그 힘을 잃고 마는구료. 당신은 정복당하지 않았소. 아직도 당신의 입술과 뺨 위에는 붉은 미의 깃발이 나부끼고, 죽음의 파리한 깃발도 그곳엔 오르지를 않았다오.

티볼트, 자넨 피묻은 수의에 싸여 거기 누워 있는가? 자네의 젊음을 두 동강 낸 바로 이 손으로 자네의 원수인 이 몸도 찢어 죽이겠네. 내가 베풀 수 있는 최고의 호의라 생각해 주게나? 용서해 주게, 티볼트! 아, 내 사랑 줄리엣, 당신은 아직도 왜 이리 아름답소? 혹 저 망령 같은 죽음의 귀신까지 당신에게 홀려서, 그 앙상하고 소름끼치는 괴물이 당신을 여기 무덤 속에다 두고 정부로 삼자는 건 아니오? 그럴까 봐 걱정되니 늘 당신 곁에 머물러, 어떤 일이 있어도 이 어두운 밤의 궁전을 떠나지 않으리다. 난 당신의 시녀들인 구더기들과 여기 이 자리에 남아 있겠소. 오, 난 이곳을 영원한 안식처로 자리잡아, 세상실이에 지친 이 몸에서 기구한 운명의 멍에를 떨어 버리겠소.

자, 눈아, 마지막으로 봐라! 팔아, 마지막 포옹이다! 그리고 오, 생명의 문인 입술아, 당당한 입맞춤으로 도장을 찍어 생명을 빼앗아 가는 죽음과 영구 계약을 맺어라! 자, 이리 오렴, 쓸쓸한 안내자야. 이리 와, 악취의 길잡이야! 절망의 빠진 항해사야, 이제 항해에 지친 네 배를 돌진해 오는 암석에 당장 부딪쳐 보란 말야! 자, 내 사랑에 축배를! (마신다) 오, 정직한 약방 영감이로군! 즉각 약효가 나타나는구나. 이렇게 키스하며 죽으리라. (쓰러진다)

*로렌스 신부가 등불, 쇠지레, 삽을 들고 등장.

신 부 프란시스 성자님, 제게 속력을 주옵소서! 오늘 밤 따라 내 늙은 발목이 왜 이리 자꾸 무덤에 걸려 넘어지는고! 게 누구요?

뱁서자 신부님을 잘 아는 사람이죠.

신 부 오, 너로구나. 헌데 저곳에 필요없이 구더기랑 눈알 빠진 해골을 비추는 횃불은? 내가 보기엔 캐퓰렛 집안의 무덤을 비추고 있는 횃불 같은데.

뱁서자 그렇습니다요, 신부님. 신부님께서 아끼시는 저희댁 도련님이 거기 계시지요.

신 부 누구라고?

뱁서자 로미오 님 말입니다요.

신 부 로미오가 거기 있는 지 얼마나 지났느냐?

뱁서자 족히 반 시간은 되었습죠.

신 부 나랑 같이 저 무덤으로 가 보자.

뱁서자 전 도저히 갈 수가 없습니다요. 도련님은 제가 가 버린 걸로 알고 계시니까요. 만약 제가 가지 않고 서방님의 소행을 염탐하는 날엔 절 죽여 버리겠다고 이미 경고를 하셨습니다.

신 부 그럼, 넌 여기 있거라. 나 혼자서 가마. 헌데 왠지 불안한데. 아, 무슨 불길한 일이 일어났을 것만 같아.

뺄서자 제가 이 상록수 아래서 졸다가 꿈결에 들었는데, 누가 우리 도련님과 싸우다가 도련님이 그 자를 죽이는 것 같았습니다요.

신 부 로미오! 아이구, 이게 웬 피지? 무덤 입구에 이렇게 피가 얼룩져 있네? 아니, 이건 또 뭔가? 주인도 없이 피 어린 이 칼들이 이 안식처에 버림받아 있다니. (무덤으로 들어간다) 로미오! 오, 창백하구나! 이건 또 누구야? 아니 파리스도? 더구나 피투성이 아냐? 아이구, 이 무슨 몹쓸 시간이란 말인가. 이다지도 애통한 짓을 저질러 놓다니! 줄리엣이 깨어나는구나. (줄리엣이 눈을 뜬다)

줄리엣 아, 고마우신 신부님! 제 낭군님은? 제가 지금 어디 있는지 잘 알고 있어요. 여기가 그곳이지요. 내 로미오 님은 어디 있나요?

신 부 무슨 소리가 들리는구나. 애야, 마취된 부자연스런 죽음의 잠자리에서 어서 일어나거라. 우리 힘으론 감당할 수 없는 엄청난 힘이 우리의 계획을 망쳐 놓고 말았다. 자 나가자, 어서. 네 낭군은 네 가슴 위에 쓰러져 있고, 파리스도 죽었다. 나가자, 네 일은 수녀원에 부탁하마. 뭘 묻고 따지고 할 시간이 없어. 야경꾼이 오는가 보다. 어서 나가자, 착한 줄리엣. 더 이상 주저할 시간이 없어.

줄리엣 신부님이나 가세요. 전 안 가겠어요. (신부 퇴장) 이게 뭘까? 아니, 잔이 그이의 손에 쥐어져 있네. 오, 알았어, 독약을 마신 게야. 오, 몰인정한 사람! 뒤에 남은 날 생각지도 않고 한 방울도 남기지 않고 전부 마셔 버렸네. 당신의 입술에 키스할 테야. 만약 입술에 독약이 조금이라도 묻어 있다면 생명의 묘약같이 날 천국으로 보내 줄지도 몰라. (로미오에게 키스한다) 당신의 입술은 따뜻도 하군요!

야경대장 (밖에서) 앞장 서라. 어느 쪽이냐?

줄리엣 아니, 사람 소리가? 그럼 얼른 끝장을 내야지. 아, 요행히도 비수가 있었구나. (로미오의 단도를 잡아챈다) 자, 이 가슴이 네 칼집이니, 거기 박혀 날 죽여다오. (줄리엣이 자기의 몸을 찌르고는 로미오의 몸 위로 쓰러진다)

*파리스 백작의 시종과 야경꾼들이 등장.

시 종 여깁니다. 햇불이 저렇게 타고 있잖습니까.

야경대장 바닥이 온통 피투성이로군. 한패는 가서 묘지 일대를 수색하고 눈에 띄는 놈은 누구든지 상관 말고 체포하도록. (몇 명의 야경꾼들이 퇴장) 차마 눈뜨곤 볼 수 없는 광경이로군! 백작이 죽어 쓰러져 있다니. 그리고 이틀 전에 묻은 줄리엣 아가씨는 금세 죽은 사람처럼 따뜻한데 피를 흘리고 있잖아. 가서 영주님께 아뢰거라. 캐풀렛 가에도 달려가 알리고, 몬테규 가 사람들도 깨워라. 나머지는 이 주변을 둘러봐. (다른 몇 명의 야경꾼들이 퇴장) 이 비극이 일어난 장소는 알았지만, 이 비극의 진상은 세밀히 조사해 보지 않고서야 어디 알 수 있겠나.

*몇 명의 야경꾼이 로미오의 하인 밸서자를 데리고 등장.

야경꾼 1 여기 로미오의 하인놈을 데리고 왔습니다. 묘지 근처에서 잡았지요.

야경대장 영주님께서 도착하실 때까지 잘 잡아 둬.

*로렌스 신부와 다른 야경꾼이 등장.

야경꾼 2 여기 이 자는 신부로 보이는데 덜덜 떨다가 한숨을 짓고 울기도 하는군요. 이 자가 묘지 쪽에서 나오는 걸 잡아, 이 곡괭이와 삽을 압수했습니다.

야경대장 대단히 수상쩍군! 신부도 잡아 둬.

*영주와 수행원들이 등장.

영 주 새벽부터 무슨 변고가 일어났길래 아침 잠도 못 자게 사람을 불러내는 거냐?

   *캐퓰렛과 그의 부인이 다른 사람들과 함께 등장.

캐퓰렛 무슨 일이 일어났기에 밖에서 저리들 소란을 피우는 거지?

캐퓰렛 부인 사람들이 한길에서 '로미오', '줄리엣', '파리스'를 목이 터져라 외치며 모두 고함을 지르면서 우리 묘지 쪽으로 달려가는군요.

영 주 사람들의 귀를 깨우게 하는 저 소리는?

야경대장 영주님, 여기 파리스 백작이 칼에 맞아 쓰러져 있고 로미오도 죽었습니다. 그리고 전에 죽은 줄리엣조차 조금 전에 죽은 듯합니다. 아직 몸이 따뜻한 걸 보니 죽은 지 얼마 안 된 것이 틀림없어요.

영 주 면밀히 수색을 하고 조사하여, 어째서 이런 끔찍한 살인이 일어났는지 밝혀 내거라.

야경대장 여기 신부 한 사람과 죽은 로미오의 하인을 붙잡아 두었는데, 이 자들은 무덤을 파기에 적당한 연장들을 가지고 있었습니다.

캐퓰렛 아이쿠? 오, 여보! 우리 아이가 피를 흘리고 있는 것을 좀 보구료! 아니 이놈의 단도가 미쳤나. 저것 좀 봐. 몬테규 놈의 칼집은 비어 있고, 어이 없게도 내 딸의 가슴팍에 꽂혀 있다니!

캐퓰렛 부인 오, 이 무슨 괴변이람! 주검의 꼬락서니라니, 조종(弔鐘) 소리처럼 이 늙은이를 무덤으로 불러들이는 듯하네.

   *몬테규와 다른 사람들 등장.

영 주 어서 오게, 몬테규. 대를 이을 자네의 아들을 보러 참 일찍 일어났지만 아들은 벌써 잠들었소.

몬테규 아아, 영주님, 제 처도 간밤에 죽었지요! 아들이 추방당한 괴로움을 이기지 못해 결국 죽고 말았습니다. 헌데 이 이상 어떤 불행이 또 이 늙은이를 수렁 속에 던지려 한단 말씀입니까?

영 주 저걸 봐라, 그럼 알게 될 거다.

몬테규 오, 이 배은망덕한 녀석! 이게 무슨 꼴이냐? 아비보다 앞서 무덤으로 가는 꼴이라니.

영 주 잠시만 분노를 자제하오. 우선 이 사건의 의혹들을 풀어, 그 동기와 발단과 진상을 밝혀 내야겠다. 그런 다음이라면 자네가 슬픔을 터뜨리건 슬픔으로 죽을 지경이 되건 관여하지 않겠다. 그동안만 참아 주게, 불행이 인내의 노예가 되도록 말이다. 자, 혐의자들을 데리고 오너라.

신 부 내가 가장 유력한 혐의자라오. 나약하기 그지없는 내가 때와 장소를 잘못 맞추어 이 무시무시한 살인의 가장 유력한 혐의자가 되고 말았소. 그러니 이 자리에 서서 나 자신 비난받을 점은 지탄도 하고, 용서받을 점은 해명도 해보겠소이다.

영 주 그럼 어서 이 사건에 대해 아는 바를 말하시오.

신 부 간단히 말씀드리지요. 얼마 남지 않은 목숨이라 길게 늘어놓을 만큼 여유도 없으니까요. 저기 죽어 있는 로미오는 줄리엣의 남편, 그리고 그 옆에 죽어 있는 줄리엣은 로미오의 정결한 아내였소. 내가 이들을 맺어 주었지요. 이들이 비밀리에 결혼한 날은 바로 티볼트가 죽은 날이었소. 헌데 살인의 죄를 쓰게 된 새 신랑 로미오는 이곳에서 추방당하고 말았지요. 티볼트 때문이 아니라 바로 로미오 때문에 줄리엣이 그토록 슬퍼했던 거라오. 그런데 캐퓰렛 당신은 슬픔에 젖어 있는 따님을 위로하려 파리스 백작과 약혼시키고 강제로 결혼시키려 했었소. 그러자 따님이 내게 달려와 험한 낯으로 두 번째 결혼을 모면할 수 있는 구원의 방법을 모색해 달라고 하였소. 안 그러면 그 즉시 내 방에서 자살해 버리겠다고 하지 않겠소. 그래서 머리를 짜낸 끝에 따님에게 수면제를 준 것인데, 그게 제대로 효력을 발휘해서 줄리엣을 가사 상태에 머물게 한 것이라오. 그동안 나는 로미오에게 편지를

보내 오늘 밤 여기 와서 약 기운이 떨어져 깨어나면 나와 같이 줄리엣
을 무덤 밖으로 데리고 나가자고 일러두었지요. 하지만 내 편지를 전
하러 보냈던 존 신부가 사고로 발이 묶이는 바람에 어젯밤 내 편지는
되돌아오고야 말았소. 그래서 할수없이 나 혼자 줄리엣이 깨어나길
기다렸다가 무덤에서 데리고 나오려 여기 온 것이오. 로미오한테 안
전하게 보낼 때까지는 아무도 모르게 내 방에 감추어 두고 말이오. 헌
데 와서 보니, 어이 없게도 파리스 백작과 로미오가 죽어 있더란 말이
오. 마침 줄리엣이 깨어나기에 어서 나가자고 권하며 이 일은 하늘의
뜻이니 참고 견디어 내야 한다고 타일렀지요. 헌데 그때 사람 소리가
들려 난 놀라서 무덤 밖으로 나왔지만, 줄리엣은 너무도 허탈감에 빠
진 나머지 따라 나오지 않더니, 결국 보다시피 자살하고 말았구료. 이
게 내가 알고 있는 전부요. 결혼에 대해서는 유모도 관련되어 있다오.
이 일에 조금이라도 내 거짓이 인정된다면, 어차피 얼마 남지 않은
이 늙은 목숨, 가장 가혹한 법에 비추어 응분의 벌을 내려 주시오.
영 주 우린 여지껏 당신을 고귀한 성직자로 알아 왔소. 로미오의
하인은 어디 있느냐? 이 일에 대해 할 말은 없나?
뺄서자 제가 도련님께 줄리엣 아가씨의 사망 기별을 전했습죠. 그랬더
니 도련님은 말을 타고 만투아에서 곧장 쉬지 않고 이 무덤까지 달려
왔지요. 이 편지를 아침 일찍 아버님께 전하라고 명하구선, 무덤 안으
로 들어가면서, 만약 제가 서방님을 거기에 남겨 두고 물러가지 않을
시에는 절 죽여 버리겠다고 으름장을 놓았지요.
영 주 그 편지를 내게 줘 봐라. 어디 한 번 읽어 보자. 야경꾼을 데
리고 온 백작의 시종은 어디 있느냐? 그래, 네 주인은 여기서 뭘 했
느냐?
시 종 나리께선 아가씨의 무덤에다 뿌릴 꽃을 갖고 가시며, 저더러

멀찌감치 떨어져 있으라 해서 전 시키는 대로 했지요. 헌데 곧 횃불을 든 자가 나타나서 무덤 뚜껑을 열었습지요. 그리고 잠시 후에 제 주인께서 대뜸 그 자한테 칼을 겨누고 싸우길래, 그 길로 전 달려가 야경꾼을 데려 왔습니다.

영 주 이 편지를 읽어 보니 이들이 사랑하게 된 경위라든지, 줄리엣의 부음 기별을 접하게 된 일이나, 신부의 말이 모두 거짓이 없다. 그리고 로미오가 가난한 약방 영감한테서 독약을 구해, 그걸 무덤으로 갖고 와서 마신 다음, 줄리엣 곁에서 죽겠다는 것이 여기 적혀 있다. 두 집안의 원수들은 어디 있나? 캐플렛, 몬테규, 그대들의 증오 때문에 어떤 형벌이 주어졌는지 좀 보라. 하늘은 그대들의 기쁨인 자식들을 서로 사랑하게 해서 그 사랑으로 인해 도리어 파멸하도록 만들어 놓았다. 나 또한 그대들의 증오를 등한시한 죄로, 친척을 두 사람이나 보내 버렸다. 우리 모두 천벌을 받은 것이다.

캐플렛 오, 몬테규 사돈 어른, 악수를 나눕시다. 내 딸의 혼수로 이보다 더한 건 바랄 수도 없다오.

몬테규 하지만 더한 걸 드리리다. 순금으로 된 줄리엣의 동상을 세워, 베로나가 그 이름으로 남아 있는 한, 순결하고 정결한 줄리엣의 동상을 세상에서 제일 찬양받는 것으로 만들어 놓겠소.

캐플렛 그럼 그에 못지않게 훌륭한 로미오의 동상도 그 아내 곁에 세우리다――우리의 해묵은 증오로 인해 희생당한 불쌍한 것들!

영 주 서글픈 평화를 안아 주는 아침이다. 태양도 슬퍼서인지 차마 고개를 들지 못하는구나. 이제 가서 이 슬픈 이야기나 더 나누도록 하자. 용서받아야 할 사람은 용서하고, 벌받아야 할 사람은 벌하겠다. 이 세상 어디에도 로미오와 줄리엣의 얘기보다 더 슬픈 사랑 이야기는 아마도 없으리라. (모두 퇴장)

작가와 작품해설

셰익스피어(William Shakespeare)

 윌리엄 셰익스피어는 1564년 영국의 잉글랜드 중부 지방인 워릭셔의 스트렛퍼드 온 에이븐(Stratford on Avon)에서 태어났다. 그의 전기적(傳記的) 자료가 거의 없기 때문에 소년 시대 및 런던의 극단에 등장하기까지 공백 기간에 대해 여러 가지 설이 많다. 일반적으로 인정되고 있는 설에 따르면 아버지는 상인으로 상당한 재산이 있었으나 윌리엄이 13세쯤부터 가세가 기울기 시작했고, 그리하여 윌리엄은 충분한 교육을 받지 못했다. 18세 때인 1582년에 8세 연상인 앤 해더웨이와 결혼했고 1남 2녀를 두었다. 런던으로 간 그는 1580년대 후반부터 배우 겸 극장 전속 작가의 수업을 거쳤다.

 1590년을 전후하여 당시에 유행하던 '역사극'의 흐름에 따라 〈헨리 6세〉〈리처드 3세〉등을 써서 극작가로 첫발을 내딛었다. 역사극과 함께 〈말괄량이 길들이기〉〈사랑의 헛수고〉등 젊은 정열을 발산시키는 경쾌하고 밝은 희극도 내놓았다. 초기 낭만 비극의 걸작인 〈로미오와 줄리엣〉(1594)이 이 무렵에 발표되었고 천재 극작가로 화려하게 개화하기 시작한 시기이다.

 이후 희극 〈한여름밤의 꿈〉〈베니스의 상인〉등의 서정적인 작품과 〈헛 소동〉〈십이야〉등 낭만 희극의 걸작과 〈리처드 2세〉〈헨리 4세〉등 사극을 발표했다. 이때는 개성적인 인물 창조에 성공하고 극작술의 진보로 천재적 재능을 맘껏 발휘했고 극작가로 인기를 독점하였다.

1599년 무렵부터 주로 비극을 쓰기 시작해 〈햄릿〉〈오델로〉〈리어왕〉〈맥베드〉의 4대 비극을 발표했다. 한편으로는 '로마극'으로 불리우는 〈줄리어스 시이저〉〈안토니오와 클레오파트라〉등 위대한 비극들이 집중적으로 창작된다. 그리고 1608년 〈겨울 밤 이야기〉〈폭풍우〉등 희비극을 발표했다. 그의 희비극의 세계는 집안의 이산, 오랜 세월의 방황을 거친 재회, 화해, 속죄를 테마로 하고 있다. 셰익스피어는 마지막 희곡으로 〈헨리 8세〉를 내놓았다.

그는 극작가로 전성기를 누리면서 극장 경영 등으로 재산을 모은 뒤 고향으로 돌아가 평화로운 여생을 보냈다.

셰익스피어는 천재적인 재능과 정교한 극작술로 희극, 비극, 희비극의 모든 장르를 완성시키고 자신의 독자적인 세계를 창조했다. 셰익스피어는 영문학 사상 가장 위대한 천재일 뿐 아니라, 인류의 문학적 토양을 풍요롭게 한 세계적인 대문호로 그는 '한 시대의 작가가 아니라 모든 시대의 작가'로 역사에 길이 남게 되었다.

로미오와 줄리엣(Romeo And Juliet)

이 희곡은 셰익스피어의 초기 낭만 비극의 걸작이다. 5막 24장으로 되어 있다. 창작 연도는 1595년경으로 추정된다. 초판은 1597년에 나왔다.

베로나 시의 유력한 명문가인 몬테규 집안과 캐퓰렛 집안은 오래전부터 서로 사이가 좋지 않아 반목과 질시를 일삼는 사이였다. 몬테규가의 장남인 로미오는 친구를 따라 캐퓰렛 가의 가장 무도회에 참석하게 되었다가 그 집 딸인 줄리엣에게 반하고 만다. 그날 밤 그녀의 집 정원에 몰래 숨어 들어간 로미오는 창가에서 혼자 독백하는 줄리엣의 말을 듣고 줄리엣도 자신을 사랑하고 있음을 알게 된다. 두 사람은 뜨거운 사랑을 나누게 되고 이튿날 수도사 로렌스의 집에서 비밀 결혼식을 올린다.

그날 오후 로미오는 줄리엣의 사촌오빠 티볼트의 결투 신청을 거절한다. 그러나 로미오의 친구가 결투를 대신하게 되고 결국 죽고 만다. 로미오는 어쩔 수 없이 티볼트와 결투를 벌여 그를 죽인다. 그 죄로 추방당하게 된 로미오는 줄리엣과 함께 밤을 보내고 만추아로 출발한다.

아버지로부터 마음에도 없는 결혼을 강요받게 되자 줄리엣은 파리스 백작과의 강제 결혼을 피하기 위해 로렌스와 의논한다. 결혼식 전날 잠자는 약을 먹는데 이 약은 이틀 정도 수면 상태에 빠지는 것이다. 약을 먹고 죽은 체하는 줄리엣을 정말 죽은 줄 알고 애도하며 가문의 묘지로 데려간다. 로렌스는 줄리엣이 깨어나면 만추아로 데려가기 위해 로미오에게 심부름꾼을 보냈는데 그는 도착하지 못한다. 로미오는 줄리엣이 죽었다는 소문을 듣고 독약을 갖고 베로나로 돌아온다. 묘지에서 파리스 백작과 부딪친 로미오는 어쩔 수 없이 그를 죽인다.

로미오는 줄리엣이 죽은 줄만 알고 독약을 마신다. 잠에서 깨어난 줄리엣은 로미오가 자신의 곁에 쓰러져 있는 것을 보고는 로미오의 단검을 꺼내 뒤따라 자살하고 몬테규와 캐풀렛은 죽은 두 자식 앞에서 화해의 악수를 한다.

셰익스피어의 희곡 중에서 가장 강렬한 운명적인 사랑의 비극을 그린 이 작품은 청년 셰익스피어의 명성을 일시에 떨치게 한 대표작이다.

1564년 영국 중부 지방 도시 스트랫퍼드 온 에이븐에서 존 셰익스피어의 장남으로 태어남.

1582년 8년 연상의 앤 하서웨이와 결혼.

1583년 장녀 스잔나 출생.

1585년 쌍둥이 햄닛〔男兒〕과 주디스〔女兒〕출생.

1590년 〈헨리 6세〉 제2부, 3부 초연.

1592년 〈리처드 3세〉, 〈잘못 투성이 희극〉 초연.

1593년 〈타이터스 앤드로니커스〉, 〈말괄량이 길들이기〉 초연. 시집 《비너스와 아도니스》 출판.

1594년 시집 《뿌크리스의 능욕》 출판. 〈베로나의 두 신사〉, 〈사랑의 헛수고〉, 〈로미오와 줄리엣〉 초연, 《타이터스 앤드로니커스》 출판.

1595년 〈리처드 2세〉, 〈한여름밤의 꿈〉 초연.

1596년 장남 햄닛 사망, 〈존 왕〉, 〈베니스의 상인〉 초연.

1597년 〈헨리 4세〉 제1부, 2부 초연. 《리처드 2세》, 《리처드 3세》 출판.

1598년 〈헛소동〉, 〈헨리 5세〉 초연. 《헨리 4세》 제1부, 《사랑의 헛수고》 출판. 프란시스 미어즈의 《지혜의 보고(寶庫)》 (셰익스피어에 관한 중요한 문헌)가 출판됨.

1599년 〈줄리어스 시저〉, 〈뜻대로 하세요〉, 〈십이야(十二夜)〉 초연. 《로미오와 줄리엣》 출판.

1600년 〈햄릿〉, 〈윈저의 명랑한 아낙네들〉 초연, 《헛소동》, 《헨리 4

세》제 2 부, 《한여름밤의 꿈》, 《베니스의 상인》 출판.

1601년 부친 존 사망. 〈트로일러스와 크리시더〉 초연.

1602년 〈끝이 좋으면 다 좋다〉 초연.

1603년 존슨의 〈시제이너스〉에 출연한 것이 셰익스피어가 배우로서 무대
에 선 최후의 기록이 됨.

1604년 〈오델로〉, 〈자〔尺〕에는 자로〉 초연. 《햄릿》 출판.

1605년 〈리어 왕〉 초연.

1606년 〈맥베드〉, 〈안토니오와 클레오파트라〉 초연.

1607년 〈코리올레이너스〉, 〈아테네의 타이븐〉 초연.

1608년 〈페리클레스〉 초연. 〈리어 왕〉 출판.

1609년 〈심벨린〉 초연. 《소네트집》, 《트로일러스와 크리시더》, 《페리
클레스》 출판.

1610년 〈겨울 이야기〉 초연.

1611년 〈템페스트〉 초연.

1616년 4월 23일 사망. 이틀 후 스트렛퍼드의 홀리 트리니티 교회에 안장
됨.

박용철

서강대학교 영어영문학과 졸업.
공저로『한국 사회문화 현상의 기호론적 분석』『비전 2000』과
역서로『광고인이 되는 법』외 다수가 있다.

BESTSELLER WORLDBOOK 57

로미오와 줄리엣

펴낸날 ㅣ 1997년 6월 25일 초판 1쇄
　　　　2012년 2월 20일 초판 9쇄

지은이 ㅣ 세익스피어
옮긴이 ㅣ 박용철
펴낸이 ㅣ 이태권
펴낸곳 ㅣ (주)태일소담
　　　　서울시 성북구 성북동 178-2 (우)136-020
　　　　전화 ㅣ 745-8566~7　팩스 ㅣ 747-3238
　　　　e-mail ㅣ sodam@dreamsodam.co.kr
　　　　등록번호 ㅣ 제2-42호(1979년 11월 14일)
　　　　홈페이지 ㅣ www.dreamsodam.co.kr

ISBN 89-7381-208-4　00840